西鶴二十面相

さいかくにじゅうめんそう

北村純一
Kitamura Junichi

目次

西鶴二十面相

まえがき

井原西鶴（一六四二〜一六九三）は、松尾芭蕉・近松門左衛門と並び、元禄文学を代表する三大巨匠の一人としてあまりにも有名です。西鶴は、その代表作である『好色一代男』や『世間胸算用』などで知られている浮世草子作家、今でいう小説家として、傑出した才能を開花させた稀有の天才でしたが、他方、非凡な俳諧師でもあったことはあまり知られておりません。しかし、もともと若くして俳諧師として立ち、談林俳諧の雄（ゆう）として一世を風靡しました。そして、浮世草子に専念した一時期を除き、終生俳諧師を通しました。

改まった席に出た時のように、扇を前に置き、紋付の羽織姿で、膝の上に両手を重ね正座した、西鶴の肖像画が残っています。西鶴と同じく絵画・俳諧の両道を能くし、西鶴と交友のあった、江戸在住の芳賀一晶の描いた有名なものです。話芸を生業（なりわい）とする、高座の噺家（はなしか）のように、少し口元が開いているのが特徴的です。大名に招かれるほどの語り上手だったから、お客の前で話す機会も少なからずあったものと思われます。その顔は、立派な眉と大きな目と耳が印象的なのですが、眉の上や目尻だけではなく、その口元にも、たっぷりと人生経験を積んだ証である、豊かな皺が刻まれています。とりわけ、そのぎょろっとした眼には、獲物を決して逃さない強い意志が感じられます。彼ににらまれれば、きっと「元禄の世」そのものも、蛇ににらまれた小鳥のように身をすくめたに違いありません。

西鶴は「人は化け物」と形容しました。そして、料理人が魚をスパッスパッと切るように世相を切り、浮世の毀誉褒貶（きよほうへん）をくまなく描き尽しましたが、かくいう西鶴自身も多くの顔を持つ、人間性豊かな人物だったと思われます。「怪人」かどうかはともかく、この物語の表題を『西鶴二十面相』とした所以です。「二十面相」は言うまでもなく、推理小説家江戸川乱歩が創作した架空の大怪盗である、「怪人二十面相」からとったものです。

さて、冷水と熱水を混ぜ合わせてもただのぬるま湯になるだけですが、私たち人間の「喜び」や「悲しみ」は決して混ざることはありません。これより始まるのは、西鶴のそういう物語です。

一面相　大坂の町人だった西鶴

西鶴の生地大坂は、かつて豊臣秀吉が築いた日本一の商業都市だった。それが壊滅したのは大坂夏の陣、一六一五年のことだ。しかし、徳川幕府が大坂市民に地租免除という破格の特権を与え再建に注力したため、大坂は見事に復活した。西鶴が活躍した頃は、各藩の蔵屋敷が百近くあり、生活物資の多くが一旦全国の生産地から大坂に集められ、再度全国の消費地に送られた。「天下の台所」と呼ばれた所以である。人口も三十万以上、日本最大の経済都市だった。そして、大坂城代以下城詰の武士や各藩蔵屋敷の留守居の武士はいたのだが、彼らは市中に出ることはめったになかった。町人が日常接するのは、せいぜい東西町奉行配下の与力六十人と同心百人くらいだった。住民の約半数が武士の江戸とは大違いの、町人主体の町だったのである。

西鶴の生い立ちを示す資料は、残念ながらほとんど残っていない。わずかに、西鶴の死後四十五年目に出た伊藤梅宇（ばいう）（江戸前期の儒学者である伊藤仁斎の子）の『見聞談叢（けんもんだんそう）』に『有徳（うとく）』と書かれ、生家が町人でも上層の富裕な商家だったことがわかる。確かに、西鶴の幅広くかつ深い教養は、それを裏付ける。幼時より、『古今和歌集』などの和歌集はじめ、『源氏物語』などの古典文学に親しめる環境にあったのだろう。

町人の町大坂と言っても、当時町人と呼ばれたのは家屋敷の持ち主だけであった。実際は借家人が多かったのである。後述するが、西鶴の矢数(やかず)俳諧というお金のかかるイヴェントも、また浮世草子作家への華麗な転身も、その経済力抜きには考えられない。

さて戦国時代は、人権も何もない武力だけの暴力の時代だ。その空しい時代の後、織田・豊臣を経て、徳川の幕藩体制でやっと訪れた平和と安定だった。暴力の時代に文化芸術は育たない。徳川になって文芸が復興した。ルネサンスである。しかしその担い手は、従来の支配層だった貴族や僧侶あるいは上級武家（戦国時代一般の侍は読み書きができない）ではない。経済力をバックに、新興のエネルギーに溢れた町人階級だった。米取引を中心に富が集中した大坂に、絢爛(けんらん)たる上方文化が生まれる。その元禄文学の代表が、先述の三大巨匠、西鶴・芭蕉・近松だったのである。

二面相　天才小説家だった西鶴

西鶴と言えば、享楽世界を描いた『好色一代男』などの好色物や、義理堅い武士気質を写した『武家義理物語』などの武家物、そして町人の経済生活を描いた『日本永代蔵（にほんえいたいぐら）』などの町人物で名高い浮世草子作家、今でいう小説家である。戯曲の近松、俳諧の芭蕉と並ぶ元禄文学の三大巨匠といわれることは先にも述べた。

西鶴は、その五十一年の生涯で、浮世草子に専念したのはたかだか六年であるが、その間に二十余りの作品を著している。俳諧活動と並行して、助走期間に書き溜めていたかどうかはともかく、ゴーストライターが別にいたのではないかと疑わせるような、超人的な筆力である。

しかし、芭蕉の俳句（当時は発句）には、「古池や蛙飛こむ水の音」や「荒海や佐渡によこたふ天河（あまのがわ）」をはじめ、愛唱句が多く、広く人口に膾炙（かいしゃ）されるのに、西鶴の小説の文章は名文にも拘わらず、余り知られていない。俳味のある簡潔な、いわゆる俳文であり、言葉の断片をどんどん紡いでゆくもので、澱むことが一切なくタッチも軽いのに、不思議なことである。何故であろうか。

その原因を探ってみよう。まず芭蕉の俳句は自然描写が多く、その素材である花鳥風月は昔も今も基本変わらない。うぐいすや桜の花などは今も昔も全く同じだ。一方西鶴の小説は、当時の都市風俗を描写したものが多い。当時の読者にはごく日常の風俗が、最近の若い人たちには、なじみが薄いどころか解説なしには意味が通じない。これがネックになっている。まず度量衡、物の単位だが、長さの単位「尺」や重さの単位「貫」など、今はさっぱり通じない。もちろん衣食住全般にわたるが、例えば京都で「おくどさん」、大坂で「へっつい」と呼ばれる「かまど」。電気釜・自動炊飯器の時代になり、「かまど炊き」と銘打って宣伝しても、その「かまど」が通じなくなっている。また、まだ肩身が狭いが何とか持ちこたえている、「鉄瓶」や「やかん」でさえ、「電気ポット」や「電気ケトル」に完全に駆逐され、将来意味が通じなくなる可能性もないとは言えない。

今やこの西鶴をはじめ、芭蕉の一番弟子の俳諧師宝井其角(きかく)など、時代を表現するリアリストの作品は、詳細な訳注なしには鑑賞できない。宿命とはいえ、残念なことである。

三面相　俳諧師が本職だった西鶴

西鶴の本職は何かと問われれば、俳諧師と答えるのが正確かも知れない。小説は余技という見方もできる。これについては後述するが、余技で大成したのだからとんでもない天才であることは疑いない。好色本に対する幕府の出版規制をすり抜ける意味合いもあったのかもしれないが、西鶴自身、小説を「転合書(てんごうがき)」（いたずらがき）と言ってもいる。確かに、その浮世草子の創作のタッチは談林俳諧そのもの。連句（俳諧で長句（五七五）と短句（七七）とを二人以上で交互に連ねたもの）の付合(つけあい)的な自由な発想で、人間の悲喜劇を通して人間性の真実を捉える、鋭利な眼を持っていた。辛い話も深刻にならず、じめじめとせず、読者に軽々と伝える、俳諧精神に富んでいた。

十五歳で入門し二十一歳でプロの俳諧師になっている。芭蕉が三十五歳で立机(りっき)（プロの俳諧師になること）したのに比べると、かなり早熟である。芭蕉が一本立ちした頃の西鶴は、談林派の雄として名を馳せていたから、芭蕉の大先輩にあたる。

ちなみに浮世草子作家としての活動は、『好色一代男』でデビューした四十一歳から、せいぜい十年位である。これに専念した六年間を除き、俳諧師としての活動は通算三十年以上に及ぶ。本業を俳諧師とする所以である。

実際、四十三歳の時催した、一昼夜二万三千五百句の独吟である大矢数(おおやかず)を打ち止めとして、俳諧活動を一時休止したが、四十九歳で再開し、五十二歳で亡くなるまで続けている。だから、名を残したのは浮世草子作家としてであることは疑うべくもないが、活動期間からすれば、「西鶴は終生俳諧師で、一時期浮世草子作家として活躍した」というのが適切な表現なのだろう。

芭蕉も西鶴も、俗語（詩歌などに用いる格調高い雅語に対して、日常の話し言葉のこと）を重んじた庶民の俳句作者であることは同じだが、芭蕉が滑稽の談林から蕉風により閑寂を志向したのに対し、西鶴は談林を固持し、あくまで滑稽を重んじたため、西鶴の方が俗語への思い入れは強いのかもしれない。芭蕉はあくまで俳諧を芸術として研ぎ澄ましたが、他方西鶴は、辛いことも明るく軽々と俳諧にし、みんなを楽しくさせるべく取り組んだのである。

ここで談林派だった西鶴の俳句がどのようなものであったか、少し見てみよう。さすがに小説の名手である。味わい深い情景を鮮やかに切り取っており、私たちは、まるで短編ドラマを鑑賞したあとのような余韻に浸ることができる。

桜影かなし世の風美女か幽霊か

（桜の木の下に立って、風に花びらの舞うのを見ていると、人の運命の果敢(はか)なさを思い知らされて悲しい。美女も果敢なく幽霊になってしまうのが世の定めなのだと感じ入っている情景を詠んだ。上五は「桜影かなし」の八音で字余りになっている）

美女にちれば愚かにうらむ桜狩

（女にとって花見は姿自慢の場である。醜女(しこめ)が、ひがみからか、桜の花が美女の方に多く散りかかるように思えてならないと恨めしがっている情景を詠んだ。上五は「美女にちれば」の六音で字余りになっている）

花にきてや科(とが)をばいちやが折まする

（「いちや」は乳母のこと。乳母がお嬢さんに、「庭の桜が咲いたので花を折ってあげるからいらっしゃい、ご主人様にとがめられたら私がお詫びしますから」と呼びかけている情景を詠んだ。上五は「花にきてや」の六音で字余りになっている）

しゝしゝし若子の寝覚の時雨かな

（坊ちゃんに添い寝していた乳母が、時雨が降る寒い夜中だったので、坊ちゃんを遠い便所にお連れせず、抱っこして庭に向かって「まだ出ませんか」とおしっこを促している情景を詠んだ。上五の「ししししし」が談林派の真骨頂である）

次は連句（俳諧で長句（五七五）と短句（七七）とを二人以上で交互に連ねたもの）での話だが、「聟の昼寝に枕まいらせ（枕をして差し上げるの意）」のあとに「姉の見る鏡けなりと立覗き」と付けた西鶴に、京の貞門派の池西言水が「けなりと」を「忍びて」と添削し、「姉の見る鏡忍びて立覗き」としたことを西鶴が批判している。西鶴にとっては「けなり」という妹の使う俗語がむしろ肝だったのだ。西鶴は芭蕉同様、和歌や連歌との違いを意識し、俳諧らしさにこだわった。

西鶴（一六四二～一六九三）本人に登場願う前に、ざっとその生涯をたどると。

十五歳　俳諧入門。
二十一歳　俳諧点者（評点料を稼ぐプロの俳諧師）になる。
三十二歳　大坂生玉神社で万句興行し『生玉万句』発表。「鶴永」から「西鶴」に改号、大坂談林派を立ち上げリーダーに。

三十四歳　妻が三児（一女は盲目）を残し二十五歳で早逝、手向けに『俳諧独吟一日千句』出版、以後商売上の跡目を手代に譲り、法体姿（剃髪し僧侶の姿）で諸国を廻る。あと終生妻を娶らず。

三十六歳　矢数俳諧千六百句独吟『西鶴俳諧大句数』刊行。

三十九歳　矢数俳諧四千句独吟『西鶴大矢数』刊行、「四千翁」を名乗る。

四十一歳　『好色一代男』出版。

四十三歳　大矢数俳諧二万三千五百句独吟「二万翁」を名乗る。

四十四歳　浄瑠璃『暦』『凱陣八嶋』刊行するも近松門左衛門に敗退。以後浮世草子（小説）に専念。

四十五歳　『好色一代女』『好色五人女』『本朝二十不幸』出版。

四十七歳　『日本永代蔵』出版。『鶴字法度（綱吉が娘の鶴姫を溺愛する余り、庶民の名前に「鶴」の字使用を禁じた法令）』により、「西鶴」から「西鵬」に改名。法令撤回後五十歳の時「西鶴」に戻す。

四十九歳　俳諧復帰。

五十歳　『世間胸算用』出版。盲目の娘死去。

五十一歳　八月十日西鶴死去。

四面相　じゃれる西鶴

それでは西鶴に登場願うことにしましょう。

「あんた。片手落ちゃと思われまへんか」

「なんや、えらい鼻息が荒いやないか」

膝の上でくつろぐ、八（はち）という名の猫の頭を撫ぜながら、答えた西鶴。

「内通した女子はんが磔（はりつけ）になったちゅう江戸の話。男はんはおめかけはん作っても、何の咎（とが）めもあらへんのに。おかしいやおまへんか」

「まあ、確かに。女がほんまの愛に生きよう思たら、死を覚悟せなあかんとはなー。けど、御上（おかみ）のなさるこっちゃ。言うてもしゃあないやないか」

「そやかて、磔やで。かわいそうや」

「わかった。わかった。いつかわしが筆で仇とったるさかい。それより、お前も気いつけやなあかんで」

「何言うてはるの。わては関係あらしまへん」

大坂は「水の都」「八百八橋」。二人が精霊流し(しょうろう)に出かけたのは、近江・伊賀・大和・丹波・山城に源を発する淀川、別名大川だ。

「あんさん。精霊船(しょうりょうぶね)を見送るのはいつも切なおますなー」

「そやなー。その精霊船にすがって駆け出したいくらいや」

「ところでおまん、俳諧師の眼ーて、どんなもんか教えたろか」

西鶴は、あかんべーをするかのように、自分の眼を指差しながら言った。

「あんさんのようなぎょろっとした眼のことかいな。そんなもん教えていらへんわ」

「まあ、そう言わんと聞きいな。この精霊船が流れていった先の潮(うしお)の色や。何やら濃い色に見えるやろ。見えるはずや。これが俳諧師の眼なんや」

「へー、たまにはいいこと言わはりますな。心が熱うなってるということでっしゃろ」

「その通りや。おまえも俳諧師の妻らしゅうなってきたやないか」

「ごめんこうむります。あんさんみたいに暇やおまへんよって」

「一言余計や。わしはお前と、この濃ーい時間をなるたけたんと持ちたいと思とってな」

「ほかの女子はんにも同じこと言うてるのとちゃいますか」

「あほ言いな。おまえだけやがな」

おまんの眼は、フクロウのようにぱっちりとして澄み切っている。少し大きめの口が、目とバランスよくその愛らしさを強調していた。

白粉を斑に剥がすような夏真っ盛り。こう暑いとお客も来ない。俳諧仲間の集いも開店休業。早めに刀剣の店を閉め、ごろごろしていた西鶴。一方おまんは、暑かろうが寒かろうが、家事と子育てにてんてこ舞いだ。

「こんな暑い日は早い目に行水でも済ませたらどないだす」

「そやな。早うさっぱりさせてもらおか」

こんな暑い日でも八を抱く西鶴。八という名は、狭い額の八の模様からつけられた。別嬪さんの三毛猫だ。数字の八は末広がりで縁起が良いから、可愛さもひとしおだった。かわいがってもらうために生れてきたような、幸せな猫だ。

「そうしたらよろし」

西鶴はだらだらするのが大嫌い。行水も、とにかく早い。

「ありがとさん。さっぱりしたわ」

「いつもほんまに早いお人や。カラスの行水やな。いや、カラスに叱られますわ。わしの方がゆっくりや、一緒にせんといてほしい言うて」

「わしとてカラスに負けへんぞー。カラスと言えば、わしはカラスの昆布巻やな」

「カラスの昆布巻て何のことだす」

「『かかあ天下』のことや」

「ようわかりまへんけど」

「カラスの鳴き声は『かあかあ』やろ。これに掛けた洒落やがな。『かかあ』に巻かれるわしのことや」

関西では昆布巻を「こんまき」と読ます。まったりした、やさしい言葉使いだ。味付けをした昆布をロール状に巻き、干瓢でくくったもの。関西は昆布だしが基本、味付けの『かかあ』である。

まだ西日が強い夕暮れ、八は首の蚤取りに余念がない。あられもなく上げた足を、せわしく動かしている。

「お前も女子やったら、もうちょっとお上品に蚤取ったらどないやねん」

おまんは取り込んだ洗濯物を、顎を手伝わせながら、きれいに畳む。その几帳面に畳む姿を見るでもなし、おまんの側で煙草を楽しむ西鶴。退屈を輪にして、口から煙を出す。

その西鶴に、おまんが話しかけた。

「あんさんは、わてより俳諧の方がお好きなんとちゃいますのか」

「何言うんや、藪から棒に。おまえのほうに決まってるがな。だから一緒になったんやないかい」

おまんは、器用に洗濯物を畳む手を休めず話を続けた。

「そやかて、あんさんは私と話をしてても、いつも上の空やおまへんか」

「考え事、し、してるんやないか。店の。しょっ、商売の心配を」

西鶴は相当歯切れが悪い。

「嘘ばっかり。私が何にも知らんとお思いか」

「そんな怖い顔せんでも。それより、俳諧の父母と呼ばれてるのは誰か、おまえ知っとるか」

「知らんし、知りとうもおまへん」

「それも知らんかったら、俳諧師の妻として恥ずかしい話やで」

「俳諧師の妻というだけで十分恥ずかしおますわいな」

「真面目な話や、耳おっぽじって聞きいや。一人は伊勢神宮の偉い神官やった、荒木田守武（あらきだもりたけ）という先生。俳諧の天岩戸（あめのいわと）を開いた人といわれとる。もう一人は」

西鶴が言いかけた言葉をおまんがさえぎる。

「一人でよろし。もうおなか一杯でっさかい」

「愛想ないなー」

「いっそのこと、あんさんは俳諧と夫婦になったほうが良かったんと違いますのか」

「そんなことあるかいな。わしはおまん一筋なんやで。おまんといっしょに毎日暮らせるのが一番の幸せなんや。一緒におりたいのや」

「好色物」の小説で名高い西鶴がこう言うと、よくある男のうそのように聞こえるが、掛け値なしの本心だった。作品とその作者の生き様は二重写しに見られがちだが、意外に正反対であることが多いものである。

おまんの着物の裾が翻り、ちらちらと見える緋縮緬の下着。それにたまらなく交合に及んだ西鶴。おまんの思惑通りだった。西鶴は、おまんの手のひらの上で、十分転がされていたのである。そして、西鶴がもうすっかり手代に商売を任せっきりで、俳諧に現を抜かしていることは、おまんには先刻お見通しだった。

五面相　痒い所に手が届く西鶴

西鶴の死後四・五十年たった頃出版された、江戸中期の儒学者伊藤梅宇の随筆集である『見聞談叢（けんもんだんそう）』については先にも述べたが、そこにあるのが、福岡藩主黒田光之と西鶴との逸話だ。その黒田光之だが、御用商人だった伊藤小左衛門が朝鮮との密貿易に関わっているという事実が発覚した際、幕府の嫌疑を避けるために小左衛門一家を処分した、という記録が残っている。朝鮮貿易は、対馬府中藩宗家の専管だった。この一件は近松門左衛門が創作した浄瑠璃の題材にもなっている。それはしばらく置くが、その藩主黒田光之が、参勤交代の帰途、西鶴を大坂の蔵屋敷に招いたことがあった。その時、旅好きで諸国の風土や情勢に詳しかった西鶴が、話し上手・聞き上手で、大名を感心させたとある。藩主は、痒いところに手が届き、もし武士として仕えたならどんな職務にもそつがない人柄、と評した。容貌や風采が立派、いわゆる押し出しがよく、世知にもたけた切れ者で、口上さわやかな人物であったことがわかる。

ここで同じく三大巨匠の一人だった松尾芭蕉の人物像を見てみよう。芭蕉はゴーイングマイウェーで、淡々とした人柄だったようだ。医師の本間道悦は、芭蕉を「気の順（めぐ）らぬ質」と形容した。これは、大垣藩の次席家老だった戸田如水による『奥の細道』の旅後の芭蕉の印象、「浮世を安く見なし、諂わず奢らざる有様也」に通じる。如水は、身元不確かな芭蕉に対して、上屋敷には上げずに下屋敷で面会した常識人だが、この芭蕉を、上役にこびたり下役を見下したりしない、浮世から超然とした芸術家と見定めた。

　このように芭蕉と西鶴は真反対、際立った対比を見せる。ちなみにアルコールの方も、芭蕉は病気持ちだったので深酒は自重していたようだが、「呑あけて花生にせん二升樽」の句を残すほどの酒好きだった。片や西鶴は、驚くなかれ、意外にも下戸だった。

　芭蕉と同じく旅好きだった西鶴。その小説は、諸国話的な珍談奇談に富む。また小説の構成は、話の枕のような前置きに続き、伏線ともなる主題が提示されたあと、本論の展開があり、最後に落ちのようなユーモラスな結末を迎える、というものが多い。これは話し上手・聞き上手な西鶴の面目躍如といったところだ。

六面相　ただの助兵衛ではない西鶴

西鶴死後刊行の書物に、お大尽（遊里で大金を使う客）の腰巾着だったとの記載がある。同じく二大悪所の芝居にも、役者と関係を持つほど出入りした。だから西鶴が女若二道の達人だったのは疑いない。「分の聖」「粋法師」と称せられた通りだ。浮世草子の本格デビュー作が『好色一代男』だったからなおさらだ。「捨てがたく、止めがたきは、此道ぞかし」と自ら言ってもいる。しかしただのスケベーではない。『好色一代女』冒頭に、「美人は命を絶つ斧」とある。美女に耽溺すれば、それは己の命を絶つ斧となって刃向かってくる。男の悲しい性を、冷めた眼で見ていた。そして、単に悪所通いの戒めではなく、人間の生き様を色んな角度から眺める、柔かい眼の持ち主でもあった。そして好色物でのデビューは、営業戦略もあったろう。西鶴はこれで一躍ベストセラー作家になる。商人の血である。

俳聖芭蕉が嫌ったのは、この「売らんかな」精神だった。「あさましい」とのたもうた。しかし芭蕉がお高くとまれるのも、寄食を可能にするスポンサーやサポーターに恵まれたからだ。誰でもまず、おまんまを食っていかねばならない。己の糊口にけがれざるを得ないのだ。作家も作品が売れないと生活できない。そして西鶴の文章を破廉恥だと非難した芭蕉。その思考の原点には武士の倫理観がある。一方西鶴は町人だ。武家の規範たる廉恥はない。女性を商品とする非人道性は言語道断だが、厳格な身分制度のもと、男女平等という概念が未成熟な時代である。町人の倫理観はもっと自由でおおらかだった。好色を堕落と言われては西鶴も戸惑うだろう。何故なら好色は人間の本能だからだ。そもそも文芸に、どちらが正しいかという議論は意味がない。芸術はそれを超えたところにある。どう表現するかは作家の個性、つまり好き嫌いの話である。

芸術家は創作する人。その作業は本来孤独なもの。ダ・ヴィンチの工房のようにチームプレイと見えるものも、個々は孤独だったろう。芭蕉は門人や友人・知人との交わりを通じて自らを高めるタイプと見えて、孤高のイメージが付きまとう。同様に西鶴も、人との交わりによって人生への洞察を深めたと思われるが、意外に孤独だったと思われる。西鶴が始めた矢数俳諧が、独吟という孤独な作業だったし、小説家は元々孤独な職業だからだ。

七面相　嘘つき西鶴

春の心地よい風に揺れている大木。大きな木全体ではゆったりして、風を楽しむかのようにおおらかに見える。しかしよくみると、葉っぱの一つ一つは繊細で、震えるように、また何かに怯えるかのように、小刻みに揺らいでいる。西鶴は町中の大きな木の、この繊細とおおらかさが一体となった混沌が好きだった。それは性的興奮の一番てっぺん、つまり絶頂に似ているからだ。

それは、新婚間もない頃のこと。あとから考えれば、いつも「にゃおにゃお」とかわいい声で鳴く雌猫の八が、今日に限って朝から「にゃごにゃご」と、まるでおじさんのような、だみ声だった。亭主の西鶴が、夕飯は外で済ますと言って、午後から出かけ留守だったので、おまんは八と女二人、寂しい夕飯を早い目に済ませた。

おまんは、目の前の下駄がはけない。気ばかり焦るが、足に力が入らない。やっと足を上げても、小刻みに震えるばかり。下駄の鼻緒に、足の指がはまらない。やっと鼻緒に足の指を押し込んだ。だが今度は、立ち上がれない。腰に全く力が入らないのだ。カタカタ、カタカタ、カタカタ。下駄が頼りない音を立てる。おまんは、自分の骨が鳴るかのようで、ぞっとした。腰が抜けるとはこのことだ。仕方がない。下駄を手に持ち、這いずり出た。近所の人もみな外へ出て、心配そうな顔を突き合わせている。

「おまんちゃん。遅いやないか。いま呼びに行ったろと思てたとこや。何やね、腰抜かしたんかいな。しっかりしいや」

と言いながら、隣のおばちゃんが、おまんをしっかり抱きしめてやった。

「おばちゃん。怖いー」

おまんはうずくまったままだ。顔も青白い。

「あんたとこの旦那はん、こんなかわいいお嫁さんをおいてお出かけかいな。かわいそうに。大分揺れたさかいにな。しばらくおさまるまで外に出とり。その方がええで」

「そうするわ、おばちゃん。けどまだ揺れてる。ほら。今も」

「気がするだけやで。今は揺れてへん。大丈夫や。これから何回かまだ揺れるやろけどな」

「ああ怖い。地震は好かんわー」

そうこうするうち、やっと二本足で立つことができたおまんだった。

西鶴はその日は終に戻らず、戻ったのは翌朝だった。遊郭にいたのである。遊女に「怖い」といってしがみつかれていたのだ。

「早いお帰りだしたな」

いやみたっぷりに、おまんが声をかける。

「そんな怖い顔せんでも。今になってしもたわ。すまんこっちゃ」

西鶴は、その向う意気が強い大きな顔を、小さくしていた。

「まあ、すわらしてーな」

八の定位置は西鶴の膝。すぐにちょこんと座る。おまんは、なれなれしいその八も気に入らない。

「私は腰を抜かしてしもうて、立つこともでけんかった。ほうて外へ出たんでっせ」

西鶴の顔を見るなり、堰を切ったかのように、おまんの話はとめどない。西鶴はおまんが腰を抜かした姿を思い浮かべて、つい笑ってしまった。

「あんた何笑うてんの。私をほっといて。いったいどこにおらはったの」

「いや、すまんすまん。大事な会合、俳諧のやで。その会の後の宴席が長うなってしもてな。おまえの話があんまり大げさやから、つい。ごめんごめん」

「大げさやない。ほんまの事でおます。それでも、あの地震やから、他の人は皆さん、早う宴会切り上げて、自分のお宅に戻ったんとちゃいますんか」

どうも雲行きが怪しい。敏感な八は、西鶴の膝から逃げだして、いつの間にかいない。

「いやもう皆出来上がってしもててな。酔っ払って腰も立たんもんも多いざまやったんや」

「腰が立たんのは、他のとこへ使ったためとちゃいますのか」

「何を言うねん。違うがな。理由がないのに、あの大きな地震にやで。おまんをほっといたりせえへんがな」

西鶴のいたずらっぽい笑顔。その笑顔におまんの腹立ちは、もうどっかに飛んでしまっていた。八も安心して定位置に戻った。

それにしても、おまんが袂(たもと)を咥(くわ)えながらちゃぶ台を拭く仕草は色っぽいし、また何か高い所の物を取ろうと腕を上げた時、ちらりと見せる二の腕も艶(なま)めかしい。その弾むような軽い足取りは、えもいわれぬ美しさだ。そのおまんの安らかな寝息を確かめ眠りに入る日々の充足感は、西鶴にとって何物にも代え難いものだった。

八面相　一家の主西鶴

西鶴が恐ろしかったのは、地震よりも洪水だった。もともと大坂は、河川を使用した水運の要所で、大坂湾を中心に対外貿易や商工業が発達した「水の都」である。しかしその一方で、大坂湾の最奥に位置し、高潮や津波の被害を受けやすかった。加えて、淀川等の河川の氾濫にも度々悩まされ、特にひどかったのが、延宝二（一六七四）年の大洪水だ。旧淀川と旧大和川の堤防が決壊し、天満橋、京橋等が流出した。摂津・河内・和泉の摂河泉三国が池のようになり、「摂津国田畑不残淵ニ成也」という記録が残る。この淀川の治水対策の幕命を受け、河村瑞賢が九条島を開削し新川（安治川）を通したのは貞享元（一六八四）年のことだ。この時出た土砂を積み上げてできたのが瑞賢山で、幕府の管理下に置かれた。

西鶴がその大洪水に見舞われたのは、三十二歳の時。甲寅の年だった。浮世草子の『武家義理物語』に、「とらの年にはかならず洪水」と自ら書いてもいる。半鐘のけたたましい音で目を覚ました。昨夜も風は出ていたが、今思えば妙に生暖かかった。それが大風の印だったのか。強い風に、雨が家をたたきつける。その音が滝のようだ。太鼓の音のように、腹にも響く。灯りを付けたが、家の中も何やら空気が重たい。洪水だ。家が浸かっている。床の上までは来ていないが、もうすれすれだ。危ない。おまんをすぐ起こす。おまんは子育てに疲れ熟睡していた。小さい子供たちにも、やさしくそっと声をかける。寝ぼけ眼(まなこ)の子供たちが、こわごわ上がり口に並んで珍しそうに漬いた水を眺める。下駄やら草履、木の枝、板切れ、野菜までが流れてきていた。

「かかさま。恐いよう」

三人がそろって母親に訴える。

「お父はんがついててくれるさかいにな。心配せんでええ。大丈夫や。それより落ちんようにせな。さあさあ、こっちへお下がり」

「この畳まで水が来たらどないしょう」

一番上の子供の心配そうな声が響く。八も心配そうだが、もう逃げようがない。これ以上水嵩(みずかさ)が増さないよう祈るしかなかった。西鶴は平気だったというと、これは嘘になる。男として、一家の主として、はたまた俳諧宗匠としてのプライドが、毅然さを演出させただけだ。主(あるじ)には、それを無言の振舞(ふるまい)で表現することが要求される、そういう時代だった。家長はただ偉ぶっていただけではなかった。

九面相　珍しがり屋西鶴

「おまん。夕飯の締めは、やっぱ、茶漬やなあ」

　沢庵のお茶漬けをさらさらと流し込みながら、幸せそうにつぶやいた西鶴。団欒の一員の八も、西鶴の膝で食後のまどろみの真っ最中だ。

「実家はここと違うて、お茶漬けの習慣がおまへんでした。最初は戸惑いましたが、でもお新香(しんこ)と、よろしおすな。私もすっかり、最後にお茶漬なしでは、食べ終わった気がせんようになりましたわ」

「そやろ。さっぱりするわな。一緒に世の中の汚れもきれいさっぱり流すんや」

　さっぱりという声とともに西鶴の手が八の頭をひっぱたいた。とんだ災難である。かわいそうな八は安眠を妨害されたのに、泣き寝入りするしかない。

「そない大げさに言わはらんでも」

「それにおまえの茶漬け。色っぽいがな」

「また戯言(ざれごと)言わはって」

西鶴は、おまんが馬のように、口をパクパクさせながら茶漬けをかけ込むのが、愛らしかった。

「そらそうとおまん、ええこと聞いたんや」

「また変な話と違いますのか」

「いやまともな話や。俳諧師は食うに困っても大丈夫やということがわかってな。なんと、金が借りれるらしい」

「そんな道楽もんに貸すもんが、どこぞにおりますかいな。貸すもんの気持ちがさっぱりわかりまへん」

「連歌師て知ってるか。俳諧師の親戚みたいな人やが」

「同じような人が他にもおられたんだすか」

「静かに聞きいな。昔連歌師が、『露』という言葉を質に入れて金を借りたらしいのや」

「どういうことだす」

「洒落やで。連歌師も俳諧師と同じ言葉の商売。言葉を使えんかったら、商売あがったり。おまんまの食い上げや。大工が大工道具取られるようなもんや。どもならんわな」

「笑い話と違いますのか」

「ほんまの話やで。わしやったら『月』を質に入れたら仰山貸してもらえそうや。『雪月花』ちゅうたら俳諧の定番やからな」

「それなしには俳諧でけんから、進んでお金を返さはるはずやと？　でも夜逃げされたらどないしますのや」

「もちろん夜逃げしそうもないもんに貸すんや。世間には気風のええのがおるんやな」

「そんなこと言うて借りたらあきまへんで。あんさんは珍しがり屋やさかいに」

十面相　しょげる西鶴

西鶴はおまんの最初の妊娠を鮮明に記憶していた。子供のようなおまんが、子供を宿した。かわいいおまんが、さらに愛らしい。しかし、初産で難産だった。赤ちゃんは透き通るほど白かった。お乳を吸う力も弱かった。百日の命だった。あっけなかった。おまんは泣きじゃくった。冷たくなった赤ちゃんを抱いたまま、いつまでも離そうとしなかった。その様子は、みなの涙を誘った。涙がこんなに出続けるものかと疑うほど、おまんは泣いた。医者に行くほど目がはれ上がった。その健気で一途な愛情に、西鶴は女の偉大さを感じた。おまんを幸せにしたいと改めて思った。

おまんの好物は胡瓜だ。味にわだかまりがない。天国の御馳走のように清々しい。生のままでおいしいのがいい。縦に割って塩を擦り込むだけでも、またうすく刻んでお醤油をかけても。真夏の食欲がない時でも大丈夫。それを青臭いと言って、あの人は嫌う。不思議だ。その青臭さこそ美味なのに。確かに香水の原料にもなるほどだ。実はその味覚は母親譲り。私を身ごもりつわりがひどい時でも、胡瓜だけは食べられたらしいから、母親のお腹の中にいる時から馴染んでいたに違いない。

かねがね、おまんには気がかりがあった。西鶴が時々みせる、何かに追われるような荒れた眼だ。刀剣商の本業は手代任せにして、ほっつき歩く。俳諧とやらの種探しだと本人は言うが、それならもっと楽しゅうやったらええはず。怪しい。誰か他に女がいるのと違うやろか。それでもまあ、私がしっかり、でーんと構えてたらええことや、と思い直した。

当時の俳諧の主流は、保守的で小難しい貞門俳諧。こういう言葉を使ったらあかんとか、この言葉にはこの言葉を取り合わせにせなあかんとか、とにかくうるさい。その言語遊戯ともいえる俳諧は、西鶴の性に合わない。俳諧師としては鳴かず飛ばずだった。悶々としていたのだ。貞門派から「文盲」と蔑まれることも気に入らない。ここで言う「文盲」は差別用語の意味ではなく、歌学の体系だった教育を受けていないことを言う。歌学とは和歌の本質・作法、古歌の解釈、故実等を研究する学問のこと。当時歌学を享受できたのは上流階級だけだ。西鶴は享受できなかった。西鶴は古式で形式的なものではない、もっと暖かい人間の血の通った新しい俳諧を求めていたのだ。それは西山宗因が創始した談林俳諧だった。

俳諧師としての貞門俳諧との争い以外に、西鶴は一時期、浄瑠璃の創作で、近松門左衛門（以下近松）とライバル関係にあった。西鶴には珍しく負け戦に終わっている。

天和三（一六八三）年に、古浄瑠璃界の大立者だった京都の浄瑠璃大夫（語り手）・宇治加賀掾（かがのじょう）が上演したのが、曾我兄弟仇討ちの後日談『世継曽我（よつぎそが）』。近松の作品だ。翌貞享元年、加賀掾の下での研鑽の後、袂を分かち地方回りをしていた竹本義太夫が、大坂道頓堀に、人形浄瑠璃の専門劇場・竹本座を立ち上げる。その時の旗揚げ興行の演目が同じ『世継曽我』だった。これが大評判をとる。近松三十二歳、義太夫三十四歳の時だ。

人形浄瑠璃は、三味線の伴奏と太夫の語る浄瑠璃に合わせて、登場人物の人形を操る人形芝居だ。二大演劇の一つとして歌舞伎と人気を二分、今も文楽（ぶんらく）として継承されている。

他方、貞享二（一六八五）年、役者評判記を出版するほどの芝居通・西鶴が四十四歳の時、浄瑠璃『暦』を創作した。これは、勝手に独立した義太夫を潰すために、京都から大坂に乗り込んだ加賀掾が依頼した作品だ。これは、近松の旧作改訂で対抗した義太夫に敗北する。しかし、加賀掾は再度新作を西鶴に依頼、西鶴は『凱陣八島』でこれに応え、義太夫側は、新浄瑠璃の嚆矢となった近松の新作『出世景清』で対抗。今度は加賀掾側に分があったが、興行中に道頓堀の芝居小屋が類焼し、加賀掾は京都に引き上げる。結果二連敗となり、以後西鶴には浄瑠璃の創作は見られない。

加賀掾の撤退以後、義太夫は座本（興行責任者）として、竹本筑後掾の称号を受領。近松の『曾根崎心中』で名声を高めた。筑後掾が座本を竹田出雲に譲って以後も、二人はさらに緊密に提携し、人形浄瑠璃を大成する。

近松は、越前国（現福井県）の中級武士の次男として、家族で俳諧を嗜む恵まれた環境で育つ。近松は生涯俳諧に親しんだ。しかし突然、十代半ばで父が致仕（退職）し浪人の身となる。家族で京都に移住後、浄瑠璃作者として世に出るまでの近松の動静は不明であるが、高位の僧や公家に仕えたらしい。その公家社会では、人形浄瑠璃、とりわけ繊細優美な芸風の加賀掾が愛好されていた。これがのち、当時社会的地位の低かった芝居者の世界に身を落とすも、名声を獲得するという、近松の奇異な生涯の端緒となったのだから、人生はどう転ぶかわからない。

十一面相　祈る西鶴

何も知らない青天はあくまで高く、その澄み切った青を際限もなく拡げていた。そして庭の柿の木は、その青のキャンバスに、たわわに実った黄赤色を誇らしげに振りまいていた。

「かかさんえらいこっちゃ、すぐ来てんか。すぐ」

いつになく上ずった下の息子の声。

おまんはその殺気立った叫び声に、下駄も履かず裏庭に走り出た。上の息子が姉を抱いて、泣きじゃくっている。

「一体どうしたんや」

「柿の木の枝から落ちてしもたんや。えーん、えーん」

姉の顔は青ざめ、身体が痙攣(けいれん)している。意識もない。

「あほ。あんだけ気い付けるように言うてたやないか」

おまんはおやすを一太郎から抱きとると同時に、ほほをたたく。

「おやす。おやす。起きてんか。お願いや。起きてんか。お願いや」

　いくら呼んでも、おやすの反応はない。

「堪忍や、堪忍やで、おやす。かかさんがしっかり見てへんだから、ごめんやで」

「店のお父はんすぐ呼んできてんか。早う」

　すぐに駆け付けた西鶴。

　おまんの形相は、ただ事でないことを伝えていた。

「どないしたんや」

「おやすが木から落ちて意識がないんだす」

　西鶴の顔から一斉に血の気が引いた。

「おやす。しっかりせい。お父ちゃんや。すぐお医者に診てもろたるさかいに」

「一太郎、医者や医者。幻庵さんにお願いしてすぐ来てもろてくれ。すぐやで」

「わかった」

　近所の幻庵が駆け付けた時には痙攣はおさまり、おやすは蒲団に寝かされていた。幻庵は頭を盛んに触っていたが、まず気付け薬を処方した。家族が息をのんでしばらく見詰める中、おやすが口を開いた。ありがたい、意識が戻ったようだ。

「おやす。気ーついたんか」

　西鶴がほっとして呼びかけた。

「あ。お父はんか。あたいはなんでここに寝てるんや。もう日がくれたんか。灯りつけてんか。暗いんや。何も見えへん」

「何やて。今は真昼間や。何も見えへんて。どういうことや。ええ。おやす」

「見えへん。見えへん。なあんも見えへん」

　おやすが泣き叫ぶ。

「先生。見えへんて言うとりますけど、どないな具合ですやろ」

　幻庵がおやすの目の辺りをもう一度調べる。外傷はなさそうだ。頭の打ちどころが悪かったたか。幻庵が見立てに窮しているのがありありとわかる。

「しばらく様子をみましょう。とりあえずゆっくり休ませてあげることや」

「わかりました。何とかよろしゅうお願いします」

　幻庵が去り際、西鶴夫婦を呼んで伝えた。

「わしも長いこと医者をやらせてもらっとるが、高い所から落ちて目が見えんようになったちゅうのは聞いたことがない。しかし、頭の打ちどころが悪うて命を失うこともあるさかいにな」

「この家と引き換えでもかまいまへん。できる限りの処方をしてやってもらえまへんやろか」

　と、必死の形相の西鶴。

「私の目をやってもええ。どうか何とか、見えるようにしておくれやす」

　おまんも懇願する。

「そら、そらもちろん、できるだけのことはやらせてもらいます」

　幻庵は二人の勢いに気圧(けお)され、どもり勝ちに答えた。

　家族の祈りは純粋で、かつ深いものであったが、幻庵のとっかえひっかえの塗り薬も飲み薬も、いっこうに効き目がなかった。神様のお加護もむなしく、おやすの目の回復は、終にかなわなかった。

「お父はんとお母はんが、これからずっとお前の目の代わりや。なーんも心配せんでええ。なあ、おやす」

　西鶴はおやすの肩を力強く抱きしめこう誓った。そして、その時のおやすの着物の赤色が、何にもまして鮮やかだったこと。西鶴はそれを生涯忘れることがなかった。

　それでも、両親にとって何より救いだったのは、娘おやすの振る舞いが、以前と何ら変わることなく自然だったことだ。暗黒の世界に突き落とされたにしては、不思議に気丈だった。両親は、改めて神様のお加護に感謝した。

西鶴はおやすの「暗い」という叫びが、頭からなかなか離れなかった。西鶴が子供の頃聞いた、つらい言葉だったからだ。西鶴がまだ五、六歳頃のことだ。すぐ下の弟が急に高熱を出し、何も食べられなくなって、徐々に衰弱した。それでも意識は、最後まではっきりしており、もう死期が近いというとき、声を絞り出すように言った言葉がそれだったのだ。

「おっかさん。今日はなんでこんなに暗いんや。はよ灯りつけてんか」

西鶴はじめ、枕元に居並ぶ皆が驚いた。まぶしいくらいの真昼間だったからだ。

「ごめんやで。すぐつけるわな」

弟は、それからまもなく息を引き取った。

この鮮明な記憶が、おやすの言葉と重なって、西鶴をいつまでも苦しめ続けた。そして西鶴は生涯この盲目の娘のことが頭から離れることはなかった。不憫だからというだけではない。忘れ形見という言葉そのままに、生き写しという程、おまんによく似ていたこともある。たとえ眼が見えなくとも、この世に生まれてきて良かったと娘が思えるように、精一杯努めていこうと思った。そして目が見えない分余計に研ぎ澄まされ、神経が細やかな娘の方も、その思いやりを肌身に感じて、西鶴の側(そば)を生涯離れることはなかった。おやすは生涯独り身で、亡き母おまんに代わって西鶴の世話を焼いた。下戸の西鶴には深酒の心配はなかったが、たばこの飲みすぎや甘いものの食べ過ぎについては、この娘からしょっちゅう注意されていた。さすがに西鶴が旅に出るときは、しっかり者のおやすも悲しい顔を見せた。西鶴はこの顔を見るのが嫌で、泊りがけの外出は少しづつ控えるようになった。世間の興味深い話の種を集めるのに、諸国めぐりは必須だったが、盲目の娘の気持ちを優先した。優しかったのである。たまに旅に出るときは、土産話をたっぷり持ち帰り、寂しがらせたことの埋め合わせをした。おやすの盲目故のゆったりした所作が、平安朝風といっても決して大げさではない、何か安らぎを与えるテンポだ、と言う事に気付く心の余裕が西鶴にできたのは、随分あとのことである。おやすは、西鶴が亡くなる前の年に亡くなった。西鶴の菩提寺、誓願寺にある「光含心照信女」という位牌が、おやすのものと言われている。この愛娘の死が西鶴の寿命を縮めたことは疑いない。

十二面相　笑う西鶴

「おめでとうさん。正月早々、ええ夢見せてもろたわ」

朝からえびす顔の西鶴。

その顔が少し気色が悪かったおまんだったが。

「どないな夢だすか」

「いや猫が踊っとってな。宙に浮いとった。うちの家族と同じ数の五匹が手ぇつないでな。八や。安心しぃ。もちろんおまえも入ってたで。自由自在に手足を動かしとった。それに、笑わん猫が笑とったな。まあめでたいこっちゃ」

いつもの定位置で、のどをごろごろ鳴らしていた八。その八が自分の噂に感づいたか、耳を盛んに動かしている。

「あほらしもない。猫の笑い顔、おお寒」

「握り飯も一緒に踊っとった。もちろん俵型や。これもめでたい」

「おなかすいとりましたんかいな」

西鶴は、「少し塩辛いがおいしかった。母親のおにー」と言いかけたがやめた。

「大黒天」は七福神の一つで、「えびす」と共に今でも現役だ。江戸時代には、その大黒天と夷(えびす)神の像を刷った御札を「若夷」といい、門口に貼ったようだ。元日未明にその御札を、「お夷、若夷」と言って売り歩く。また、正月に吉夢(きちむ)を見ようと枕の下に敷いたのが、縁起物の「宝舟」だ。金銀財宝を積み七福神が乗る船の刷り物で、「お宝、お宝」と言って売り歩いた。もともと大黒天信仰は、室町中期の京都で急速に広まった。戦国時代、将来に不安を抱えた庶民が、戦火で家を焼かれても金の蓄えさえあれば何とかなる、という信仰を始めたらしい。福の神に救いを求めたのだ。そして大黒様の次のような姿が出来上がる。温和な表情で大黒頭巾をかぶり、恵比寿様と同じ狩衣(かりぎぬ)姿。左肩に大きな宝物の袋を負い、右手には人々に幸福を授ける打出の小槌を持ち、米俵を踏まえる。この米俵は、「誰もが飢えることのない国を作ってあげよう」と人々に語りかけるものだという。そして正月の門付(かどづけ)芸として有名なのが大黒舞だ。大黒様の面に赤い頭巾をかぶり、打ち出の小槌を持って門口に立ち、新年嘉祝(かしゅく)の詞を述べ、祝いの歌を唱えながら舞った。その舞いで夢を振りまき、人々がその夢を信じ追いかけたのだ。

大黒舞で歌われるのは次のような詞だ。

「ござった、ござった、福の神を先に立て、大黒殿がござった、一は俵ふまえて、二ににつこり笑うて、三に酒つくりて、四つ世の中良いように、五ついつもの如くに、六つ無病息災に、七つ何事もないように、八つ屋敷広めて、九つ小倉を建て並べ、十でとうと治まる御世こそめでたけれ」。

戦国動乱の不安の中で、庶民たちは大黒舞を見て、「苦しい時には、明るく笑って、将来長者になる夢を見よう」と考えた。恵比寿信仰は西宮神社の布教により広まったが、大黒天信仰は京都の庶民が進んで受け入れて各地に伝えていった。

西鶴が文学で目指したのは、この大黒舞の世界だったのだろう。西鶴にこの詞の「六つ無病息災に」を使ったリズミカルな句がある。

祝ひて
霜夜の鐘六つ無病に寝覚哉　　西鶴

この句は寛文十二（一六七二）年作と推定されている。西鶴が三十歳、そして延宝三（一六七五）年に二十五歳で早逝する妻が二十二歳の頃だ。西鶴には妻との間に三人の子供がいた。そして、うち一人娘が盲目だったことがわかっている。当時女子の祝いは、それまで髪を剃っていたのをやめて初めて髪を伸ばす儀式である「髪置（かみおき）」が三歳の時にあり、七歳になると後ろで結ぶための付紐を除いて初めて帯を締めさせる儀式の「帯解（おびとき）」があった。この句は、「祝ひて」という前書きのとおり、その長女の六歳の帯解の前祝をした夜のことであろうか。眼が見えないにもかかわらず、六つまで病気をせずに無事に育ってくれた、という感謝の気持ちを込めた句である。妻は、長女の下に二人の乳飲み子を抱えながら、病弱ですでに病床にあったと推定される。その妻に添い寝をしてもらい、昼間の遊び疲れで眠ってしまった娘が、目を覚ました丁度その時、暮六つ（日暮れ方の六つ時。今の六時頃）の鐘の音が聞こえてきた。霜が降りる寒さに耐えながら、長女が無事育った感謝の気持ちと共に、家族がしみじみとその音に聞き入っている、という家庭の一場面である。西鶴は良き家庭人でもあったのだろう。この句の「六つ」は娘の歳の六つ（六歳）と暮六つを掛けているのは言うまでもない。

西鶴がその生涯で、腹の底から笑うということが果たしてあったのであろうか。

十三面相　泣く西鶴

それが暗転する。

脈のあがる手を合してよ無常鳥（ほととぎす）　西鶴

春浅い頃から風邪で寝込み、それがあまりに長引いたので、覚悟はしていた。西鶴が三十四歳の時だ。幼なじみの妻おまんが、短い一生を終える。二十五歳だった。西鶴が思い浮かべたのは、牡丹の花が崩れるさまだった。萎れた牡丹ではない。咲いて間もない元気な牡丹だ。三人の子供を残し、おまんは、さぞかし無念だったろう。先の句を見てみよう。もう死が近い、脈も途切れ途切れだ。死者を冥土に導くと言われる無常鳥（ほととぎす）が鳴いている。西鶴が、まだ脈のあるうちに合掌してほしいと、おまんに呼びかけたものだ。

西鶴はむろん遊びでの肌の触れ合いは人並みに経験していたが、肌と肌が触れ合う暖かさを知ったのは、おまんが初めてだった。そのおまんの眼から、一筋の涙が流れた。もう意識がないはずなのに、不思議だ。感情だけが、そのあまりの強さに、命を超えて生きている。元来、たとえ我が家が洪水で流されても動じることなく、その流れるさまに打ち興じることができるのが俳諧師だ。その冷静な俳諧師西鶴が、男泣きに泣きじゃくったのだった。

まだ三十四歳だったが、後添えを取らなかったのは、ただ愛情の深さだけではない。愛くるしい小さな丸顔に残るあどけなさ。そんな若妻を死なせてしまった。残ったのは喪失感より、この罪悪感に近いものだったからだ。行燈（あんどん）の灯をともす燈心。その燈心が油を吸う音が聞こえるほどの、静かな時代。夜は静かな分、それだけ深い。悲しみも比例して深くかつ重かった。おまんとの思い出がひっきりなしに駆け巡る。頭そのものが走馬灯になったかのようだ。無表情だが一途に立ち昇る線香の煙。これにすがって天上の妻に会いたい。もっと愛情を注いでやっていたらという悔い。

しかし、嘆いていたばかりではない。この世を夢幻とみる、大観を備えていた西鶴である。情の細やかさと強靭な精神は、西鶴にあっては決して背反しない。いつも同居していたのだった。これも俳諧精神と言っていいだろう。

初七日の四月八日に、妻への追善として独吟で百韻十巻を手向けた。何と、千句である。ただのパフォーマンスでできる数ではない。追慕の念とそれを支える精神力が、共に、ありきたりの強さではなかったことがわかる。余人を交えず執筆と二人だけの興行だった。一人で一日千句詠むという大技。のち『俳諧独吟一日千句』として上梓している。日本の文学史上、亡き妻のためにこれだけ派手で盛大な追善集を残したのは前代未聞である。これが図らずも受け、結果談林派の名前を高めることになった。西鶴は偉才というだけではない。異才・奇才・鬼才でもあった。その追善俳諧の一巻目の第一の発句が前出の次の句である。

脈のあがる手を合してよ無常鳥

これに脇と第三が続く。

次第に息はみじか夜（短夜）十念
沐浴を四月の三日坊主にて

西鶴家は浄土宗だったから、臨終に皆で南無阿弥陀仏の念仏を十念、つまり十回称えたのであろう。そして四月三日に湯灌を済ませ納棺したようだ。坊主と詠まれているから、その時形見に妻の頭髪を剃ったことが解る。連句の作法として、四番目の句は、自由に句想を転換してよいというより、むしろすべきなのだが、転換の名手西鶴も、ここではさすがに悲しみを引きずっている。

　中には何も見えぬ草の屋

心は虚ろなままだった。
第二巻の発句は有名な次の句である。「無常鳥」をはじめ「子規」「時鳥」「田長鳥（たおさどり）」と漢字は変えているが、全十巻ともその発句は、すべて「ほととぎす」である。死出の山路にいるとされるほととぎすによって全巻を貫き通し、亡き妻を偲（しの）んだ。

　引導や二十五を夢まぼろ子規　　西鶴

「引導（いんどう）」は仏教用語。死者に対し、僧侶が法語を称えて涅槃（ねはん）の世界に行くように導くことをいう。

ではここで、亡き妻の追善独吟千句に、師友弟子などから集めた追善発句を加えた、『誹諧独吟一日千句』を改めて見てみよう。

まず師友弟子などから集めた追善発句。句中の郭公・時鳥・無常鳥・妹背(いもせ)鳥・子規・田長鳥はいずれもホトトギスの異称である。なお作者名は割愛している。

男鳴の泪(なみだ)なそえ(添え)そ郭公
つま恋の声や夢の間無常鳥
相筵(むしろ)なくしてなくやよたゝ鳥
郭公とへ(問)よ独ね(寝)の男鳴
別て以後やもめ烏よいもせ鳥
おもひやれ鶴の一声無常鳥
お内儀ははてさて夢よ時鳥
いもせ鳥子の有(ある)中のなげき哉

西鶴が周囲をはばからず男泣きしたことがわかる。「鶴の一声」は、慣用句「雀の千こゑ鶴の一声」をふまえた西鶴の悲痛な声だ。

次は西鶴独吟百韻の第一～第十それぞれの発句（一句目）と挙句（あげく）（最後の句）である。

脈のあがる手を合してよ無常鳥　（第一発句）

一心頭礼経をよむ鳥　（第一挙句）

引導や二十五を夢まぼろ子規　（第二発句）

子共三人少年の春　（第二挙句）

郭公かゝがさとり（悟）のかたちはいかに　（第三発句）

日影もなが（長）うわびる心ね（根）　（第三挙句）

郭公声や帆にあげて船後光　（第四発句）

蓼（たで）の末葉も若木成仏　（第四挙句）

後世は大事聞（きき）はづすなよ郭公　（第五発句）

懸かねかける藤の門口　（第五挙句）

お時（時鳥）の鳥生死（しょうじ）の海や二つ菜　（第六発句）

本来空に雁かへる空　（第六挙句）

頼みけり我誓願寺郭公　（第七発句）

焼香のけふり（煙）立花の陰　（第七挙句）

籾(もみ)の内に本尊作るや田長鳥(たおさどり)　（第八発句）
香炉に残る蛍火の影　（第八挙句）
百八の数珠を懸たか郭公　（第九発句）
こそ〳〵とそる柳髪　（第九挙句）
一日に千躰仏と郭公　（第十発句）
彼岸にあたる往生ふの物　（第十挙句）

柳髪は、柳の枝の細く長いことを髪に見立て、長く美しい髪を例えたもの。いずれも亡き妻への切々たる思いが、読み手に重畳的に、容赦なく伝わってくる。

飼い猫の八はいつもゆったりしている。しかし、決して「月夜に提灯」や「闇の錦」というわけではない。ただいてくれるだけで、家族の心が安らぐ。西鶴もどれだけ救われたことか。おまんの亡きあと、新たに娶ることはなかったし、この八の死後一切猫は飼わなかった。西鶴はそういう男である。

毎朝仏壇でたたく鉦の音。それが徐々に弱まり、消え入るまでの敬虔な時間。西鶴は妻を亡くして随分優しくなった。今日は星の光が月のように明るい「星月夜」だ。西鶴はそれを子供達と眺めた。あまりの美しさに身体が吸い込まれるようだった。その星たちの中に、おまんの澄み切った瞳もあった。

「いつまでも悲しむんやない。そういうとうさんも今だに涙が出てしゃあないんやが。お前たちが思い続ける限り、かかさんは心の中にずっと生き続ける。消えることはないんやで。みんなが前を向いて元気に生きるのが何よりの供養や」

まるで自分を諭すかのように、しみじみと話した西鶴。子供の前でも涙声だったが、素がええ、格好つけるのは愚かなこと、という考えだった。

「わかった。ととさん。もう泣かへんから」

涙をぬぐい鼻を啜りながら答えた三人。そして、西鶴の腹はとうに固まっていた。

西鶴自身、親戚だった老夫婦にもらわれた養子だったという。商売の要諦を学べた恩義や、好きな文学を自由に学べたやさしさは、筆舌に尽くしがたい。だが妻の死を契機に、刀剣商を手代に譲ることにした。妻の死の翌々年のことだ。子供はまだ幼いが、先代の遺産があったし、継がせた律儀な手代からは月々の生活費も保証されていたからだ。長男は手代の養子にして家業を継がせ、次男も他家に養子に出す。二人とも、やくざな俳諧師ではなく商人にするつもりだ。盲目の娘の養育は下女を雇えば心配ない。早々に鎗屋町の草庵へ移った。三十半ばでの隠居だ。剃髪し半年ほど旅に出た。子供が小さいのに気楽で勝手な父親だろうか。そうではない。はかない命と言えば陳腐だが、妻の死で人間という存在が頼りなく思えたのだ。これからは自分のやりたいことをやろう。実際自分の才能におののくことがある。自分で制御できないほどとめどもなく言葉が溢れ出て、頭がはちきれそうになる。妻の死を契機に、この言葉の道にまい進しようと決心した。これは仮名草子取り組みへの旅でもあった。

西鶴はしばしば作品に、自分の境遇を投影させている。

西鶴の第二の遺稿集である、元禄七年刊の『西鶴織留』巻四の二「命に掛（かけ）の乞所（こいどころ）」には「死（しに）別るる中にも、親より妻はかなしく、妻より又子は各別に、ふびん（不憫）のます（増）物なり。一子（し）などころ（殺）せし時は、世にながら（永）へては居（い）られざる程におもふ物なりしが、ふたりも三人も死（しな）せて後は、心鬼のごとく成て、中〱なげ（嘆）きもうすく、人の愁も心にかからず、火宅の門（かど）を横に車と出ける。さる程に、子のわづらふ（患う）程世に物うき（憂き）事はなし。人〱もた（持）ねばしら（知）ぬなり。」

妻ばかりか子を何人も死なせると、心は鬼のように、また無常を感じて出家するどころか、かえって心を頑なにして、仏も何も信ずまいとする、と自分の境涯に重ねている。

同じく『西鶴織留』巻四の三「諸国の人を見しるは伊勢」に、伊勢街道の茶店で参詣人の出身地や職業を言い当てて金品を乞う、歌比丘尼（本来は浄土和讃などを歌いながら念仏を勧進する尼僧のこと。ここは参宮の道者に対し勧進する伊勢比丘尼をいう。後には色を売るようになった）が登場する。ある道者が、職業を傾城町（色里のこと）の人と当て推量された。歌比丘尼にそのわけを聞くと、あなたの目の配りようは、恋の下心からではない。十五歳より下の美しい子をしみじみと気を付けてご覧になるからという。これを聞いた道者が、女郎屋ではないと否定し、身の上話を始める。「……よき娘の子に目の付事は、我只一人娘を持けるに、いかなる前世の因果にや、当年十三に成けるが、今に足立ずして、然も亀腹（脹満の俗称。腹腔がふくれ、腹面に静脈があらわれて亀甲状を呈する病気）とか申て見ぐるしく、その上両眼見えねば、縁に付べき沙汰絶て、明け暮れ是をなげき、同じ年程の娘を見ては、我子のあれならばと思ふからなり」と泪をこぼして語られける。」

難病で、しかも盲目の娘を持つ親の悲しみが切々と語られる。これもまた、前に触れた西鶴自身の境遇・体験が投影したものと考えられる。

西鶴の作品の中に、妻と死別ないし生別後、乳飲み子を残されて四苦八苦する男の悲話がいくつかある。

まず『本朝二十不孝』巻四の三「木陰の袖口」。敦賀の榎本万右衛門は、商売が左前となっただけではなく、妻もその心労から「廿六の五月のすゑに」死なせてしまい、乳房を離れぬ一子万之助が跡に残された。

「(夜、万之助が)泣出す時、こと更にかなしく、摺粉・地黄煎をあたへ、膝の上に抱あげ、鶏〳〵、ゆ(揺)ふれ共、啼きやまず、夜は明ず、今の切なさ、子といふ者なくてあらなんと、嗅が事を思ひ出して面影にたつ。」

男手で乳飲み子を育てる苦しさのあまり、子を捨てようとするが、思い止まり苦労して大きくするという話だ。

次に『西鶴織留』巻六の二「時花笠の被物」では、やはり妻が懐胎より体をこわし、一子を形見に残して世を去る。貧家のため養子に出せず、乳母を雇うこともかなわない。摺粉では埒のあかない乳児のため、もらい乳に苦労する。

「夜はね(寝)よとの鐘鳴て次第にふけ(更)行程に、戸を叩くも迷惑ながら「もはや御やすみなされましたか」といふては念仏を申「はやぎよ(御寝)しん成ましたか」といふては念仏を申「とても我が命のあるべき事にあらねば、夫が抱て難波橋の上からとんとはまつて死るか」と、身のせつなさにさまぐなげくを……」と、夜中に近所の主婦からもらい乳をする時の心労がことこまかに描写される。

さらに『世間胸算用』巻三の三「小判は寝姿の夢」では、貧に身の窮まった男が女房を乳母奉公に出し、やはり幼い娘が残される。

「夜ふけて此子泣やまねば、となりのか、たちといよりて、摺粉にぢわうせん（地黄煎）入て焼かへし、竹の管にて飲す事をおしへ、はや一日の間に、思ひなしかおとがいがやせたといふ。此男、扨も是非なしと心腹立て、手に持たる火ばしを庭へなげける。」

金に困って女房が奉公に出ることになり、残された男が、乳飲み子を抱え、殊に夜泣きに途方に暮れるという話だ。

これらは、西鶴の実際の体験に基づく描写と考えられる。西鶴も作品中の登場人物と同じく、貧窮のため乳母を雇い入れることもできなかった時期があったのかもしれない。

十四面相　勝負師西鶴

老体の八が、もうこれ以上は口が開かない程の大あくびをしながら、身体を弓形に反って、これ以上は無理という程の伸びをした。

「おじゃまします。荒砥屋でおます」

「よう来ておくんなはった。汚いとこやが上がっておくれか」

「ほな失礼します」

「あいにくご承知の通りのやもめ暮らしやさかいに。何もおかまいでけへんのやが」

「なにおっしゃって。気い使わんといておくれやす」

「おやす。お客はんや。お茶一服差し上げておくれか」

「あい。すぐにお持ちします。ととさん」

「御嬢さん。すんまへんなー。どうかおかまいなしに」

目が見えないおやすだが、勝手を知った我が家だけは、手探りせずとも、どこに何があるかよくわかっていた。この娘は西鶴以外には、阿弥陀様よりほかに頼るものがない。そう思うと、西鶴はいとおしくてしょうがなかった。

「何もないぶぶだすけど、どうぞ」

おやすは丁寧に頭を下げた。

西鶴の額にみられる深く刻まれた多くの皺。それは、複雑怪奇な世の中をデッサンする作業の至難さを物語るものだ。その皺をさらに深くして話し始めた。

「荒砥屋はん。今日来てもろたのはな。清水(きよみず)の舞台から飛び降りることにしたんや」

「なんでおます。だしぬけに」

「他でもないのや。実は新しい本を出してもらいたいと思うてな」

「有名な俳諧の師匠はんが、無名の私とこへでっせ。声をかけてもろただけでも涙が出るほどうれしおます」

「うまいこと言うやないか」

「ほんまでおます。ところでいかような」

「ほかでもない。実は最近草子に力を入れとってな。誰も嫌いな者がおらん、好色物や。『諸国色巡り』という題なんやが。これを出してもらえんやろか。挿絵のほうも、わしは得意やさかいに、念を入れてある。手前みそやが、上々の出来やで」

西鶴はそう言いながら、大事そうに手書きの草稿を出した。

「目立ちたがり屋の師匠らしい。いや、ずばっと言うてしもたな。えらいすんまへん。それにしては殊勝でっさかい。やっぱり際どいやつでおますか。最近とみに、お上の取締まりも厳しなって来てますよってに」

「際どいからあんさんを呼んだんやないか。さあここで、さわりだけでも読んでみてくれへんか」

「わかりました。失礼して一寸(ちょっと)拝見させていただきます」

しばらくじっと目を通していた荒砥屋だが。その顔がみるみる赤みを帯びてくる。真っ赤になったと思ったら、突然声をあげて笑い出した。

「笑うたりして堪忍しておくれやす。もろに際どおますな。遠眼鏡で菖蒲湯につかっている女子（おなご）はんを覗いている画。笑うてしまいましたわ。画も一級品だす。桜のべべ着せてもろうて。師匠の幼い頃だすな、これ。九歳やて、えらいませてはりましたんやな」

「わしと違うがな。物語や。作り話や。世之介ちゅう主人公の好色修行記というようなもんやな。際どいとこが、これのええとこなんや。主人公には最後までこの桜の柄の着物で通してもらう。それと、この覗きは、ほんの序の口なんやで。遊女なんぞの玄人（くろうと）はもちろんやが、親戚の娘や近所の女房、後家に人妻ちゅうような素人（しろうと）も総ざらえしてある」

「おーこわ。けど面白そうだすなあ」

「前半は奔放な好色修行の場にしたんやが、京・大坂・江戸の三都だけやない。伏見や大津・奈良から始めて、西は宮島・下関・筑前・長崎まで、東は鈴鹿・御油（ごゆ）・赤坂・越後まで。拡げた、拡げた。大きくひろげたでー」

　西鶴は大きな丸を書くように、両手を大きく拡げて見せた。

「それは型破りの広さでおますな。師匠も随分と足を運びはったんですな」

「違うと言うてるやろ。作り話や。『美女は命を絶つ斧』なんやで。深入りしたら物書きでけんようになってしまうがな。そいで後半やが。世之介が三十四歳のとき、親からの遺産が、たんと転がり込んでな。二万五千貫目。大、大、大尽や。あとは誰もが噂で持切りの京・大坂・江戸の売れっ子太夫のお出ましや。これらを相手にぱーっとな。これはていねいに書かんと」

「西鶴はんの修業がものいいますなあ。もちろん二道とも書かはったんですやろ」

「あたりまえやないか。女の方は三、四千人。衆道（しゅどう）（男色の道）の方は千人弱にしてある」

「ええ、何と。それはなんぼなんでも、多すぎやおまへんか」

「そんなことない。これくらいかまして、ちょうどええんや。半端な数では、誰も驚かんからな」

「そうでっしゃろか」

強気の西鶴に、荒砥屋も終始押されっぱなしだった。

「少しまじめな話もしとくけどな。今までの評判記は遊蕩を諫（いさ）める教訓めいたもんやら、作者の遊びの通（つう）をひけらかすもんばっかりやったんやが。わしのはちょっと違うんやで」

「どう違いますのや」

「わしのは、主人公の世之介という男の一代記なんや。その生きざまを長編の物語にしたいと思うてな。放蕩の末の勘当・出家・入牢、果ては捨てた女の化け物に襲われもはやこれまで、と思たら突然譲り金で左団扇（ひだりうちわ）のお大尽。三都で遊女狂いの果てに成仏とはならず、最後は伊豆から女護島（にょごのしま）にわたって女のつかみ取り、わははははは」

「師匠は浮ついとるように見えて、実は全く違う。しっかり地に足がついた、くそまじめな人やさかい。こんな手前でもよーく見抜いてますのやで」

「そうか。すっかり見すかされてたんや」

「立派に仕上げてもらってると思いますけども。あまりにもけばけばしいのと違いますやろか」

「いや、そんなに心配せんでも。大丈夫や。何やったら同門の西吟（さいぎん）に跋（ばつ）（あとがきのこと）を書かしてぼかしてもええ。転合書（てんごうがき）（いたずら書き）と銘打ってな。わしの一世一代の書き物やで。ぱーっとさりげなく出してもらおやないか」

「ぱーっと、そいで、さりげのう。むずかしおますなあ。まあよろしおま。私も男だす。もうこうなったら一蓮托生でおます。世間から何と言われようと、お上に咎められようと。うちも名前を売るええ機会でもありまっさかいに。師匠のお力信じてますよって。間違いなくええ評判取れますやろ」

「これは今風の『源氏物語』なんやで。ちょっと値段が高い本になってしまうかもしれんが、いけるか」

西鶴は、この小説の構成を『源氏物語』五十四帖（じょう）から借りている。主人公の世之介七歳から六十歳までの、五十四年の物語にしたのだった。

「大丈夫だす。師匠のお耳にも、もう入ってるかわかりまへんけど、今、心斎橋のあたりには貸本屋がどんどんでけてましてな」

「ちょっと聞いてはいるけども」

「いやもう何十軒もでっせ。うちかてそこにも店を構えさせてもろとります。仲間の書肆（本屋）とは横のつながりもありますよって。そやから高うても、捌けますのや。京や江戸をはるかにしのぐ勢いだす。いっぺん覗いてみておくれやす。仰山並べてまっさかいに」

「なんでそんなに増えたんかいな」

「寺子屋なんかで読み書きが盛んになってからに。みなさん活字に飢えてはりますのや。ほんま有り難いことだす」

図書館という気の利いたもののない時代。それに代わる役割を担ったのが、貸本屋だった。

「それはありがたいこっちゃ。わしにも運が向いてきたのかも知れんな。矢数俳諧でえらい苦労してきたが。その甲斐があったというもんや。名前も売れたしな」

「そやから手前もその気になったんですがな。この好色物やったら、貸本屋でも引っ張り蛸でっしゃろ」

「そう思うか」

「へえ。間違いおまへん。ただ、一つお願いがありますのやが」

「何や」

「いやその、差し出がましおますが」

「ええがな。言うてみ」

「題名ですんや。『諸国女巡り』は田舎くそおます。もうちょっとすべりのええ、すきっとした題名にしてくれまへんやろか。手前も考えてみます。けど、このない頭では、なかなか。師匠でないと」

「うまいこと乗せるやないか。よっしゃ。しっかりひねるとしょうか。ええ名前付けるよって、大々的に売ってんか」

「精一杯やりまっさかいに。まかせておくんなはれ」

「男は意気地(いきじ)、女は情けや。何が何でも、この浮世草子で一旗揚げたいのでな。頼むで」

後日西鶴から、『好色一代男』という新しい題名を聞くなり、荒砥屋がもろ手を打った。好色と銘打ち、屈託のない垢ぬけたものだったからだ。こうして無名の書肆（本屋）「思案橋荒砥屋孫兵衛可心」を版元に、『好色一代男』が世に出た。ちなみに、荒砥屋の「荒砥」は荒研ぎに使う砥石であり、刀剣商だった西鶴と商いの繋がりがあったのかもしれない。それはさておき、浮世草子時代の幕開けを告げる記念碑的作品となった。たちまちベストセラーに。別の書肆でも版を重ね、さらに代表作「見返り美人図」で有名な浮世絵師菱川師宣が挿絵を描いて江戸でも刊行された。この挿絵はのち、浮世絵の原型になったといわれる。俳聖芭蕉が、どのような顔をしてこの好色本に目を通したか、想像するだけでも楽しい。そしてこの出版は、娯楽としての読者層を獲得したばかりではない。書籍の全国流通網整備を促し、貸本業という新しいビジネスモデルを生んだ。

以下この貸本業が流行る素地を詳しく探ってみよう。

この時代の書籍は、作家の「清刷（きよずり）」を版下にして熟練職人の彫師が製版を作り、刷師が刷り上げたものを和綴じ製本して仕上げる、という工程を踏む。そのため一度の版で刷り上がるのは、せいぜい百～二百部程度にすぎない。大量生産できないため高価だった。書肆が直面したのは、膨大な初期投資をいかに回収するかという問題だった。その解決策は、高価な書籍の販路を、個人だけではなく貸本屋にも広げ回収する、という画期的なもの。これが当たり、心斎橋筋には貸本業を兼ねる書肆が、わずか五、六町（一町は約百メートル）の間に四十～五十軒あったといわれる。当時の書肆は新本だけではなく古本も扱い、その販売や貸本、さらに出版もしていた。また自社出版以外の他社の本も扱い、浄瑠璃本、錦絵、役者絵、歌舞伎や文楽の興行のお知らせなど、分野の広さと種類の多さを誇った。さらに豊富な陳列により人々を集め、情報発信基地としての役割も果たしていた。ベストセラー作家、西鶴の浮世草子は「阿波座堀板本安兵衛」を始め「思案橋荒砥屋孫兵衛可心」「深江屋太郎兵衛」など複数の書肆から出版され、本屋の店頭に並べられた。そしてこの頃になると、大坂には本を担いで宅配する貸本屋も現れ、庶民の間に読書が娯楽として定着していった。

『好色一代男』巻二　世之介十七歳　「誓紙のうるし判」「奈良木辻町の事」には、

「爰(ここ)こそ名にふれし。木辻町。北は鴨川と申て。おそらく。よね（遊女）の風俗。都にはぢぬ撥(ばち)（音）をと。竹隔子(たけごうし)の内に。面影見ずには。かへらましと。」

とあり、奈良の木辻遊郭の繁盛ぶりが記されている。実際歌舞伎にも登場するなど、全国的に有名な色街だった。日本最古の遊郭といわれ、古くは平城京遷都の際、都建設に従事するため集った多くの建築作業員を目当てに設置された、との説もある。そして明治時代、東京の吉原遊郭が誕生した時には、木辻から遊女が送られたらしい。今でも町並みの一部に往時の面影を残している。

同書にはさらに、近江という遊女と

「かための誓紙。うるし判の。くちぬ（朽）までとぞ。いのり（祈）ける」

とある。「誓紙」すなわち「起請文（きしょうもん）」とは、男女間で、愛情の変わらないことを互いに誓い合って書いた文書のこと。遊女が客に誠意を示す手管（てくだ）として用いた。誓約意志の強固さを示すため、名字、花押の上に血を塗る、血判（けっぱん）も行われた。また遊女が相愛の客に対する誓約の証に、分身として髪の毛や爪を差し出した。これがエスカレートして、小指を切断して贈ることもあった。「指切りげんまん、うそついたら針千本のます」ではなく、本当の「指切り」である。

「起請文」というと、松尾芭蕉が大酒飲みの一番弟子其角に断酒のため書かせたものが有名だが、かつて遊廓では、客と遊女との間で、「遊女の雇用期間が満了すれば客と結婚することを約束する」という内容のものを取り交わすことが流行していた。また心中の手段としても使われた。本来熊野誓詞とも呼ばれ、和歌山の熊野神社には、そこで配布される三枚の神札に、「我らは二世を契った仲です」と記して誓いの血判を押し、男女が一枚ずつ取って、残りを神社に納める慣わしがあった。誓いに背くと、熊野神社の使いであるカラスが死んで、背いた者も吐血して命を落とし、地獄行きの厳罰があると言われた。

奈良ついでに、他の西鶴の作品に登場する奈良を見てみたい。

まず『世間胸算用』第四巻の二「奈良の庭竈（にわかまど）」。「庭竈」は、正月三が日に、土間に新囲（い）

炉裏を作って新筵を敷き、一家や出入りの者が集まって飲食遊興する、奈良の風習をいう。除夜から行う有名なものだったらしい。

それは、蛸市で有名な堺から奈良に行商する、蛸売りの八助の話だ。欲深い男で、八本足を一本切り取り七本として商っていたが、ある時これを二本切り取り六本としたため、ついにばれてしまう。これ以後「足きり八助」と不評を買い、商売が上がったりに。勧善懲悪の筋書きであるが、足を切られた蛸が気の毒であるし、蛸の足をごまかした「八助」も、何か切ない。

次が追いはぎの話。奈良名産の晒布問屋は、毎年大晦日に、掛け売りした代金を京都の呉服屋から回収する慣習があった。その大晦日の掛取りが終わり次第、夜半から松明を灯しながら、奈良へ代金を持ち帰る。何千貫目という莫大な金額だったようだ。追いはぎはそれを狙ったが、大金過ぎてうまくゆかず、あきらめる。そして、その代わりに、大坂から帰る途中の通行人を襲い、持っていた菰包みを強奪する。しかし、あとで追いはぎが包みを開けると、なんと中身はただの数の子だった。西鶴得意の落ちで、この話は終る。

ここで少し、奈良の高級麻織物である晒布について触れたい。当時その質の高さと白の美しさから、最上の麻布として全国的に名高かったようだ。染めて色良く、着て身にまとわず、汗をはじく、と称賛されてきた。武士の裃や帷子地として用いられたほか、伊勢神宮はじめ社寺にも重用された。幕府御用の晒布問屋は、西鶴の活躍した貞享・元禄頃には二十四軒あり、いずれも富豪だった。大和国の歌枕である「佐保川」の水で洗い干した晒が白くなってゆく様子は、「日を経るに及び潔白、佐保山白雪の如し」と言われたという。奈良晒の原料である苧麻（まお）の繊維をより合わせて糸にすることを麻績（おうみ）というが、これは奈良の町の女性の手内職だった。江戸時代の奈良町では「奈良の町の者はほとんどが奈良晒の仕事をしている、その他の商売の者も妻子は奈良晒の仕事をしている」と言われるほど盛んだったようだ。

次に『本朝二十不幸』を見てみよう。当時の五代将軍綱吉は、文治主義を進め「忠孝」を鼓吹。自らも生母の桂昌院（けいしょういん）への孝心が格別厚く、そのもとで幕府は孝道を奨励した。そして西鶴は、その孝道を不幸ばなしで説くという、離れ業をやってのけた。不幸者の所業を描いたのちに、必ず天罰応報を与えたのである。また、この作品は西鶴の常道だった諸国ばなしの形式をとっている。京都に始まり、近畿・北陸・東海・関東・中国・九州の各地方に及ぶが、その二十話の中に、今の奈良県が二度も登場する。一つは吉野であり、あと一つの奈良はこの作品のトリをとっている。

まず巻三の一「娘盛（むすめざかり）の散桜（ちりざくら）」。これは吉野の晒葛屋（さらしくずや）の五人娘の話だ。「吉野葛」は上等の葛粉として名高い。お春・お夏・お秋・お冬の四人の姉たちが、何の因果か、次々と異常な受胎によって先立ち、親を嘆かせるという悲しい物語である。ちなみに小説『吉野葛』は、母恋を主題とした谷崎潤一郎の代表作の一つ。谷崎は吉野山の旅館に滞在し、調査のため車で奥吉野まで足を運んだらしい。

次に巻五の四「ふるき都を立出て雨」。これは奈良の刀屋の息子徳三郎の話（西鶴も刀剣商の息子だった）。この息子が喧嘩好きの親不孝者で、とうとう故郷を追われ江戸へ逃れる。しかし江戸ではすっかり改心し、大根を触れ売りする毎日だった。ある嵐の日、みすぼらしい十四、五歳くらいの武士の子に、売り物の大根をせがまれる。家を訪れると、両親との、日々の食事にも事欠くほどの貧窮の有様。日を改めて、徳三郎が食べ物を持参し尋ねると、両親はすでに衰弱死していた。それに悲嘆し自害しようとする息子をとどめ、弔いを手伝った徳三郎。その後も毎日見舞ううちに、実の親が訪ねてくる。そこで、取り残された息子が、実は十一歳のときに立派な武家から養子に出されていたことがわかる。その養父母が身まかったため、実の親は息子を国元に連れ帰ることになったが、その際、世話をかけたお礼にと、徳三郎に大金を贈る。その後、徳三郎はこれを元手に、江戸で最も繁華な日本橋通町に出店して成功、富豪になり、奈良から両親を迎える。日本橋に角屋敷（大邸宅）を構え、末永く家も栄えた。西鶴は「昔の奈良刀。今、金作りにして」と記す。奈良刀は安物で鈍刀の代名詞だったようだ。西鶴のいつもの心地よい締めである。

西鶴の『好色一代男』の板下（木版を彫るための下書き）を書き、その跋文（本文のあとに書く文章のこと）を草したことで有名な西吟について少し見てみよう。江戸時代前期の浄土真宗の学僧・西吟とは同名の別人である。

摂津国巌屋（現神戸市灘区）生まれ。摂津守荒木村重の家臣だった水田和兵衛の四世である。水田氏は代々和歌・連歌に造詣が深い文人の家系で、西吟も早くから大坂に出て、談林派の祖である西山宗因に俳諧を学んだ。延宝四（一六七六）年に、『昼網集』の万句興行で俳諧宗匠となる。西翁（宗因）の一字を賜わり西吟を名乗る。大坂中町に俳諧の会所を開いた。西鶴門で有力な取巻きの一人となり、西鶴の句会の執筆をつとめた。『庵櫻集』『橋柱集』などの著作がある。また能筆で、先述の『好色一代男』だけではなく、この少し前に出た西鶴の役者評判記『浪速の皃は伊勢の白粉』や、このすぐ後の『俳諧三ヶ津』の板下も書いている。のち大坂から移り住んだ摂津桜塚（現大阪府豊中市）に落月庵を結び、上島鬼貫ら伊丹派とも交流があった。西鶴の弟子らしく日常生活や人情をテーマとした雑俳（前句付をはじめとした遊戯的な俳諧）を中心に、町人だけではなく農民層にも庶民文芸を広めた。瑞輪寺には、弟子たちによって建てられた供養塔「西吟の塔」がある。

西鶴には、幕府の取り締まりへの懸念とは別に、出版ためらいの理由がもう一つあった。それは、ちょうどその時、師の西山宗因の跡目争いが持ち上がっており、この破天荒な草子の出版によって、跡目相続が不利になる恐れがあることだった。結果、西鶴は次の跋文を西吟に書かせ、出版の責任を免れる逃げ道を準備したのだった。

「或時、鶴翁（西鶴のこと）の許に行て、秋の夜の楽寝、月にはきかしても余所(よそ)には漏ぬ、むかしの文枕(ふみまくら)（枕元に置いてみる草子類）と、かいやり捨られし中に、転合書(てんごうがき)（いたずら書きのこと）のあるを取集て、荒猿(あらまし)にうつして、――」

おのれ一人の慰みとして書いたもので、発表する気はさらさらなかったものを、西吟が勝手に写し取って出版を進めたものである、という逃げ口上だった。

十五面相　かしこまる西鶴

ぎょろっとした大きな目玉をはじめ鼻や口。造作のすべてが、われがわれがと主張している、その西鶴とは大違い。石原利右衛門は、公家筋とも思われるような端正なうりざね顔だ。そして、教養のあるたたずまい。大坂城守護職である大坂城代の家中で、もちろん上級武士だ。だが出世コースからは外れ、しかも寂しい単身赴任だった。妻子を伴えるのは城代と、副城代に当たる大坂定番（じょうばん）だけだった。定番は、城代を補佐して城門の守衛に当たる城番のうち、一定期間交代せずに常駐する役をいう。利右衛門は暇を持て余し、時間つぶしにたびたび呼び寄せたのが、浮世草子作家で売れっ子になっていた西鶴だった。しかし、西鶴ももと商人である、ただでは起きない。

「本日は拙宅にわざわざ出向いていただきかたじけない」

「とんでもございません。わたくし如き町人風情（ふぜい）をいつもお招きに与かり恐縮至極です」

ここで「いつも」という西鶴の言葉を説明したい。ここ大坂は、江戸と正反対の町人の都市だ。武士は、幕府の町奉行の役人と各藩の蔵屋敷の役人などで、合わせても一万人に満たない。当時の総人口を四十万人として、わずかに二パーセント程度である。極端に少ない。だから武士も町人に偉ぶることもない。裃（かみしも）を脱ぎ、町人ともフランクに付き合った。西鶴が「武家物」という一連の浮世草子をものした素地がここにある。武家社会の情報の仕入れ先があったのである。もちろん相手の懐に深く入り込む、商才にも似た能力に長けていたからできたものだ。きっかけは、西鶴がもと刀剣商だったことだ。当然武家もお客である。武家の方も、役目上町人の生態を熟知しておく必要があり、いわばギブアンドテイクの関係だったのである。

　更に人口構成で付言すれば、当時江戸も大坂も男女比では圧倒的に男性が多い。七・八割が男性と言われる。諸国から江戸・大坂に流入したものが、男性中心だったからだ。両都市において、芝居と並んで二大悪所の一つだった遊郭が大繁盛したのは、これが原因ともいわれている。ちなみに吉原遊郭は、幕府公認だった。必要悪として認めていたのだ。ただし江戸時代末期には、男女同程度の比率に変化したようだ。


「いや、そこもとを呼んだのは他でもない。たわいない私事なのじゃ。実は、世間で大流行りという、そなたが出した好色物をこっそり手に入れることができての。拙者今ではその浮世草子の愛読者と申してもよい。かねがねその裏話でも聞かせてはもらえないものかと思っておった次第」

「それはありがたいお言葉。俳諧から転身を図っての浮世草子。大博打を打ちましたゆえ、その売れ行きには神経をとがらせてまいりました。お武家様にも読んでいただけるとは夢にも思いませなんだ。格別うれしゅうございます」

「わしは文学に特に素養があるわけではないが、普通の読み手として言わせてもらうと、まず読みやすい。流れもなめらかで気風もよい。何より心地よく読めるのじゃ。そのこつはどこにある」

「文章のこつでございますか。これは商売の秘密ですよって、あははは」

「決して口外せぬゆえ、安心せよ」

「はい。実はてまえはもともと俳諧師でございまして」

「それは知っておるぞ。それがいかがした」

「ですゆえ、短い文には手馴れております。それを小気味よくつなげてゆくのが俳諧の連句というものでして、またわたくしの場合、この浮世草子も同じでございます」

「なるほど。俳諧は浮世草子の練習だったのじゃな」

「それは後から言えることで、初めから意図したことではございませぬが」

「それはようわかったぞ。ではその膨大な話のネタはどこから仕入れたのじゃ」

「一番の仕入れ先はやはり書物でございます。各地方で出版されたものを手に入れ読み込みました。そして手前は旅好きゆえ、諸国を旅して直接仕入れることができました。お武家様と違って手前ども町人は、はるかに気軽に旅ができますすゆえ」

「なるほど、実にうらやましいことよの」

「申し訳ございません」

「いや。そなたが謝ることではない」

「そして、その旅で仕入れたネタを克明に記録してまいりました。そのほか、俳諧仲間には、諸国の物産が集まる蔵屋敷に出入りする者もおり、句会などの集まりで、いろんな話が聞けるのでございます」

「それに引き替え、こちらは正直申して、日々判で押したような生活じゃ。この宮仕えも退屈でのう。刷り物もそうじゃが、そこもとの世間話は一番の気晴らしじゃ。つくづく町人がうらやましい。わっはっは」

「また戯言(ざれごと)を」

「ところで、俳諧師は見るからに情報収集に長(た)けておりそうだな。隠密紛(まが)いの俳諧師も少なくないと聞くぞ」

「そういう話も耳に致します。確かに俳諧師は、世の中の動きにさとくないと商売になりませんもので」

「俳諧も飯(めし)の種なのじゃな」

「その詩商人(うたあきんど)めが、この場をお借りしまして、一つお願いがございます」

「改まって何じゃ。言うてみよ」

「はい。まことに厚かましいお願いで恐縮至極なのでございますが」

「かまわぬ、言うてみよ」

「実は、手前これまで、さきほどお褒め頂いた『好色一代男』などの好色物を書いてまいりましたが、これからはがらっと目先を変えて、お武家様の草子を書きたいと思っております。なにぶんてまえども町人には遠い世界ゆえ、お力添えを願いたいのでございます」

「武家社会の話とな」

「そうでございます」

「われら武家に、なぜ興味を持ったのじゃ」

「わたくしの住まいは谷町筋の鑓屋町でございます。お武家様の屋敷と我ら町人の居住区の丁度境目にございますゆえ」

「いや、それだけではなかろう」

「鋭いご指摘でございます」

「浮世草子を購読して頂ける知識人、つまりお武家様の多い江戸を当て込んでのことでございます」

「そうか。正直に申したな。まあ、よかろう。面白そうじゃ」

「して願いとはなんじゃ」

「はい。そのネタの話でございます。あまり大きな声で申し上げられませんが、町奉行所や評定所のお裁きの記録を拝見いたしたく存じます」

「何と申す。それは大胆な」

「決してご迷惑はお掛け致しませんし、お役目の方にはもちろんお礼はたんまりさせていただきます。ゆくゆくは手前ども町人世界も書き物に致したく思っております。そのためにも是非ともご高配賜りますよう」


西鶴が深く頭を下げたのは、必死の思いからだった。作家活動として、「好色物」からの展開を左右する大きな賭けだったのだ。ここで大坂町奉行について少し見てみよう。

大坂町奉行は、江戸幕府が大坂に設置した遠国（おんごく）奉行の一つである。老中の支配下に東西の奉行所が設置され、それぞれ与力三十騎、同心五十人が配属された。おのおの「東の御番所」「西の御番所」と呼ばれていた。そして、江戸町奉行と同様に、東西一ヶ月ごとの月番制を取った。一般民政に関わる民事訴訟のほか、廻米（かいまい）、消防、警察、糸割符（いとわっぷ）、株仲間、河川、寺社、出版などをも管掌した。江戸時代は、当事者の人別地を支配する領主がそれぞれ裁判権を有したが、他領・他支配に関連する訴訟や、武家を相手取る場合などは、原則として幕府評定所の管轄となる。ただし、債権法、取引法と密接にかかわる金公事（かねくじ）（金銭貸借に関する訴訟）については大坂町奉行所に広範な裁判管轄権が与えられており、江戸とは異なる債権保護的性格の強い法制を発達させた。大坂（摂津・河内・和泉）と播州の四ヵ国の訴訟だけでなく、全国各地から物資が流入する拠点という大坂の性格から、西日本の各地からも訴訟が持ち込まれた。

幕府評定所は、三奉行（寺社奉行・町奉行・勘定奉行）が合議によって事件を裁決し、かつ老中の司法上の諮問に答える、幕府の最高司法機関であった。評定にかかる事件は、民事（出入物）では原告・被告を管轄する奉行が異なる場合であり、刑事（詮議物）では重要事件と上級武士が被疑者である場合であった。

ちなみに「大塩平八郎の乱」の首謀者大塩平八郎は大坂東町奉行所の与力だった。天保の大飢饉により各地で百姓一揆が頻発した。大坂でも米不足に見舞われ、大塩平八郎が救済を町奉行に要請。しかし聞き入れられなかったため、自ら五万冊に及ぶ蔵書を売り払い、窮民を救った。続いて天保八（一八三七）年には、救民・幕政批判のため、私塾の門下生らとともに大坂で挙兵。東・西の両町奉行の爆死を狙ったが敗れ、潜伏後、自害して果てた。それは単に大坂の不正役人やこれに寄生する豪商への直接的な攻撃だっただけではなく、大坂町奉行所の不正・汚職を弾劾する訴状を幕閣に送るなど、幕府中枢の改革を目指した壮大なものだった。作家の森鴎外が、その半日の反乱を、小説『大塩平八郎』で克明に描いている。

「これは何とかしてやらないと。わが日本の文学の将来に関わることじゃからのう。わっはっは」

「恐れ入ります」

「よし。大坂町奉行所の与力に、我輩と親しい友人がおるから、手配して遣わそう。じゃが、これは高いぞ」

「十分承知いたしております。この度の好色物では、たんまり儲けさせていただきましたゆえ」

「そこもとは商売上手だからのう」

「あははは。商売の下手な商人はおりませぬ」

「よく言いよるわい」

「話は変わるが、わしの愚痴も少しは聞いてくれぬか」

「手前でよろしければ何なりと」

「いや、他でもない。女子のことじゃ」

「てまえの得意の種目でございます」

「だから申すのじゃ。女子はつくづく小うるさいと思うてのう」

「昔からそうと決まっておりますが」

「確かに。男はちと粗雑なところがあるからのう。それが男の良いところでもあるのじゃが。拙者のようなおいぼれになるとな。余計家内の肥えた鋭い眼に触るようなのじゃ。わっはっは。聞き流しとるんじゃが。それがまた気に入らぬようでのう」
「わたくしは早くに妻を亡くしましたが、生前は同じでございました。目先を変えて、折り合いをつけるしかないのではございませんか」
「随分冷たいではないか。わっはっはっは」

西鶴に、大阪城守護の勤番交代を詠んだ句がある。

大坂番手明(てあき)やかはる(替)大鳥毛(おおとりげ)　西鶴

(大阪城守護職である大番衆(おおばんしゅう)が、手明(勤番が明け非番になること)として交替するのであろうか。きっと退城する行列の鎗持が持つ大鳥毛の飾りも、新任の行列では様変わりすることだろう、という意)

見物客でにぎわったであろう、きらびやかなセレモニーを詠んだ。大番衆一組は大番頭以下数十人からなる。交代は七月に行われたが、のちに八月になった。ちなみに、「大坂番」は秋の季語である。

十六面相　旅好き西鶴

各藩の蔵屋敷があり、また全国物産の集積地でもあった大坂は、諸国からの土産話であふれていたことは想像に難くない。低調な武家中心の江戸ではなく、新興町人のエネルギーに溢れた大坂に暮らす有り難さを、西鶴は作家として誰よりも痛感していたことだろう。それでも「百聞は一見に如かず」。現地に行ってこその写実である。情報の伝わりにくい当時にあって、旅は最も手っ取り早い取材の手段だった。

先に引用した伊藤梅宇の『見聞談叢』には、「名跡(みょうせき)ヲ手代ニユヅリテ、僧ニモナラズ、世間ヲ自由ニクラシ、行脚同事にて頭陀(ずだ)ヲカケ、半年程諸方ヲ巡リテハ宿ニ帰リ」とある。

愛妻の死後、三人の遺児は気掛かりだが、これを機に、人間の生きざまや人生の諸相をとことん見てやろうと一念発起したのだろう。商売上の跡目を手代に譲って、旅に出る。愛妻の死からの再起の旅でもあった。旅の軌跡は以下の作品からもうかがえる。

元禄二年刊の『一目玉鉾』は絵入り地誌・名所案内記である。第一巻は北海道に始まり、奥州街道を日の出の濱から江戸まで。巻二は江戸より東海道を大井川まで。巻三は同じく東海道を金谷から大坂「天満豊崎」まで。巻四は大坂より瀬戸内海経由で長崎・壱岐・対馬に至る。さらに唐国や高麗など外国への里程を示す。版面は上下段に分かれ、上段には本文、下段には地図が記されている。上段の記述は地名の他、領主の大名、土地の名物、遊郭、伝説など。名所には和歌も多く掲載。下段の地図は街道を中心に、いわゆる道中図である。また街道の旅人や、神社仏閣を拝む人などの姿も描き込まれている。

『好色一代男』の舞台も、畿内のほか、小倉（現福岡県）・下関・出雲崎（現新潟県）・寺泊（同）・酒田（現山形県）などに及んでいる。

ただ西鶴が法体姿だったと言っても、品行の正しい僧侶では毛頭ない。「粋法師」や「わけの聖」と呼ばれ、お大尽の太鼓持ちという風評が残るほど、遊郭や芝居の二大悪所にも出入りしていたことは先に述べた。そして、自ら記す下戸だったから、酔いつぶれることもなく、クールに世相や人情を観察していたのだろう。庶民の生活のバラエティ、人情の機微や人生の浮き沈み、そして人間の尊さや愚かさ、やさしさや愛らしさまで、奥深く学べたに違いない。

「ご亭主、さすがにお伊勢さん、えらい人の波やが、いつもこんなに混み合ってんのかいな」

「そうですのや。何しろ全国各地から押し合いへし合い。生涯一度は参拝したいという、庶民の一世一代の大仕事でおます。皆さん伊勢講の代表でっさかい。意気込みも並大抵やおまへん」

「ところで、ご亭主。ここらも関西弁かいな。京や大坂からはだいぶ離れてると思うけどな」

「そうでおます。ここら伊勢でも昔から顔はいつも京・大坂に向いてまっさかい」

「そうなんやな。安心や。関西弁は気が休まるさかいに」

「まあゆっくりしていっておくれやす。ところでむきつけに失礼でおますけど、お客さんのくりくり頭、坊さんのようで、よう見たらそうでもないし、けったいな姿でおますな。一体何をやっておいでなので」

「わしか。わしは大きな顔してるけど、乞食みたいなもんや」

「乞食にしては肌の色つやが良すぎぎやおまへんか」

「ぎゃっはっは。ばれたかいな。いや、しがない物書きでな」

「これは珍しい。だいぶん勉強されましたんやろな」

「そらしたでー。本に穴が空くくらいにな」

「わはははは。面白いお方やな。何をお話ししようか忘れてしまいましたがな。そやそや。その恰好やとお伊勢さんの参拝は難しおますのや。神宮でっさかい。なんせ、お坊さんとは商売敵ですがな」

「ご亭主も冗談がうまいな」

「お客さんのが移りましたんやろか。なんか舌が勝手に回りますのや」

「冗談言うてられへん。参拝出来んちゅうのは大事や。そのために来たんやさかい」

「まあ安心しておくれやす。全くでけへんわけではのうて。聞いたところでは何や遥拝所ちゅうのがあって、僧侶の方々はちょっと離れたところから拝めるらしおます」

「ちょっと安心できたがな。近所にも言いふらしてきたんでな。拝めへんだとは恰好悪うて言えへんがな」

「そらそうですわな」

西鶴は、伊勢参宮が好きと小耳にはさんでいる江戸の桃青（芭蕉）も半ば僧形と思われ、このような参拝の仕方だったのであろうかと、思いを巡らせたのだった。

「そもそも何でそんな恰好してはりますのや」

「いや。話せば長うなるんやが。女房を早うに失くしてな。まだ二十五歳やった」

「その若さで、それはお気の毒でしたな」

「それでもう、世の中がはかのうなってな」

「それはうそでっしゃろ。その恰幅(かっぷく)で」

「何を言うのや。ほんまやがな」

「こら、すんまへん」

「わしは俳諧もついでにやっとってな」

「へー。俳諧も。そら奇遇や。わたしも俳諧やっとりまんのや」

「そうかいな。ほんならお互い親戚みたいなもんや」

「ありがとうございます。ここらは俳諧好きの方は珍しくありませんのや」

「そうなんかいな。そういえば。俳諧の祖と言われとる荒木田守武(あらきだもりたけ)はんは、こちらの方やったなー。失礼いたしました」

「いえ大してやってませんので。ところでお客さんの俳諧の号は」

「わしか。わしは「西鵬」というて、知らんやろな。あまり大きな声では言えんのやが、ほんまの名前は「西鶴」でな。おまはんも知っての通り鶴姫様の一件で、名前を変えないかんようになって。辛気臭いこっちゃ」

「へえー。あの有名な西鶴さんですか。これはこれは御見それしました。お師匠さんに失礼なことばかり申し上げて。堪忍しておくれやす」

「いや、別に気にせんといて。なーんにも気い悪うなんかしてへんさかいにな」

「ありがとうございます。私にも運が向いてきたなー。いま色紙持ってきまっさかい。何でもええので書いていただけませんか。画もお上手、筆も立つとお聞きしてます」

「そんなに知れ渡っとんのかいな。うれしいこっちゃ」

急いで色紙と墨・筆を手に戻った亭主。西鶴は手馴れたもの。すらすらと色紙に筆を運んだ。そこに記した句は

しゝしゝし若子(わこ)の寝覚の時雨(しぐれ)かな　西鵬

そこに、乳母が抱っこしておしっこをさせている画を、ちんぽこを少し大きめにして添えたのだった。

「こんなもんでええかいな」

「わはははは。添えて頂いた画のほうも面白い。上五(かみご)の「し」が五回連なるのもさすがに大師匠。違いますなー。ありがとうございます。家宝にさせてもらいます」

「気に入ってもらえたら、書いた甲斐があるちゅうもんや。ところで、ご亭主にひとつお

願いがあるんやが」

「ええ、何でも言うておくれやす」

「他でもないのやが。ここの料理場をな、ちと見せてもらうわけにいかんやろか」

「うちのむさい料理場ですかいな。おやすいことでおます。でも何でですのや。わざわざご覧いただくようなもんでもないのと違いますやろか。ごたごたしてますよって」

「いやあ。そんなことない。こんなに仰山のお客に対してやで、どないさばいておられるのか、そそられるよってな」


実際その料理を具（つぶさ）に観察することができた西鶴だが、その手際のよさは、予想をはるかに超えるものだった。

二百から三百人単位の団体の参詣人が同宿し、泊り客が宿ごとに二千から三千人という数になる。そのもてなしの料理が興味深いものだった。働き手が二百人は必要なのに、わずかに二十人で切り盛りしていたのだ。その一つが焼き魚だが、二千人分の焼き物を、たったの三人が鼻唄をうたいながら軽くこなす。まず、左官が壁を塗るとき使う鏝（こて）のようなものを十枚ほど焼いておく。次に、煮えたぎった大釜に、魚を二十匹ずつ入れた籠を沈めてゆで上げ、長い板に並べる。最後に、先の焼き鏝で、ゆでた魚の片面をざらざら撫でれば終わり、という具合。伊勢の焼き物は両面焼きではなく、片面焼きで風変りだとうわさせれていたようだ。

「ご亭主、これはいいものを見せてもらった。見事としか言いようがない。大坂や江戸も見習うべきものが、たんとある。わしも書き物のねたを仰山仕入れて帰れそうでありがたい。ぎゃっはっは」

「わはははは。それは何よりでおます。ゆっくりしていっておくんなはれ」

「しばらく厄介になろうかな」

「ありがとうございます」

俳諧もやっておくものだな、と満足この上ない亭主だった。

十七面相　挑む西鶴

西鶴の名を一躍高めたのは、寛文十三（一六七三）年に西鶴が編んだ俳諧撰集『生玉万句』である。万句興行は、俳諧師としての本格デビューの場。大坂生玉神社での十二日間の興行だった。神社は、難波と天王寺との中間に位置し、大変賑わった。今も西鶴像がある。談林派に寝返った鶴永（西鶴）らが、貞門が催した万句から締め出されたため、その対抗として同輩二百人を集めて行われた。貞門は西鶴の俳風を異端の阿蘭陀流として非難したが、西鶴はひるまず我が道を進む。

次に刊行したのが、亡き妻へ手向けた『独吟一日千句』だ。これについては先に述べたが、末尾の追善発句に宗因はじめ大坂俳壇の長老が名を連ね、妻の追悼という個人的な詠嘆を興行に昇華した。これは作者が一人で、かつ時間を限定したという意味で、後述する矢数俳諧に限りなく近い。

この矢数俳諧のルーツといえるのが、京都の蓮華王院三十三間堂で行われた矢数（通し矢）の競技である。寛文二（一六六二）年に尾張藩士星野勘左衛門が六千六百本、六八年に紀州藩士葛西団右衛門が七千余本を記録した。続いて翌年再び星野が挑んで、総矢数一万五百四十二本中、通し矢八千余本の新記録を樹立、総一（天下一）を称した。その影響を受け、矢数香、矢数酒、矢数飲など、数量を誇示する競技や遊技がもてはやされた。

この風潮の中、通し矢競技に刺激を受けた西鶴が、大坂生玉の本覚寺で興行したのが、千六百句独吟『西鶴俳諧大句数』だ。執筆一名他十名余りの役人でなされた。巻頭の発句「初花のくちびやうしきけ大句数」の通り、口拍子に乗せて句を詠む軽口俳諧だった。一昼夜もしくは一日の間に、独吟で詠む数を競う俳諧興行である。これを矢数俳諧の嚆矢とする。『独吟一日千句』の興行から二年後の延宝五（一六七七）年五月のことだ。旺盛な表現力に加え強烈な表現意欲の持主だった西鶴の、俳諧での勝負が矢数俳諧だった。その背景には、新興大坂商人の、量と速度に対する執着と、会話体を取り入れた卑俗だが新しい俳諧に対する強い嗜好があった。

もともと連句は連衆仲間による共同体の文学だが、貞門や蕉風と異なり、談林は独吟が圧倒的だ。何事も個々人の才覚次第という、大坂町人の気風の顕れだったのだろう。

しかし、ライバルも黙っていない。四か月後に大和の月松軒紀子が千八百句の『紀子大矢数』。さらに一六七九年三月には仙台の大淀三千風が三千句で記録を更新。そこで西鶴は翌年五月、生玉社南坊で二度目の独吟四千句（『西鶴大矢数』）を成就した。興行に直接関係する役人は五十五人、出座の俳諧師が七百人以上、聴衆数千人という威容だ。この興行で師の宗因から「日本第一前代之俳諧の性」というお墨付きを得た。しかしこれも延宝末（一六八一）年に椎本才麿の一万余句に破られる。だが負けない。西鶴は更なる挑戦に燃えた。矢数俳諧はいよいよ体力の消耗戦となる。三千句興行では三千風が、目標まであと二百句の二千八百句で倒れこんだ。意識不明になり、硯の水をかけ大声で呼びかけ、やっと息を吹き返したとある。

一人で作る連句が独吟。矢数俳諧も独吟だ。それが実際どのようなものだったか。前出の矢数の処女興行『西鶴俳諧大句数』を見てみよう。その千六百句は百韻（百句）を十六集めたもの。次はその一六の中の八番目である。

まず一句目（発句）は前にも取り上げたが。

花にきてや科（とが）をばいちやが折りまする

（季は花で春。「お庭の桜の花を見にいらっしゃい、一枝折ってあげましょう。乳母（いちや）がお嬢さんに代わって、花盗人の科（罪）を負ってご主人（お嬢さんの父親）に謝りますから」と、乳母が花を欲しがるお嬢さんに呼び掛けた句）

二句目（脇）が

のびあがりたる山の春風

（季は春風で春。花を折るために背伸びをする姿勢を受けて、伸び上がると付けた。山がそびえ立つ姿でもある）

第三句は

龍の息雲に霞に顕（あらわ）れて

（季は霞で春。前句の「のびあがりたる」を昇天する龍の姿勢とみて付けた。「雲に霞」は前句の春の山に対応させたもの）

春・秋の句は三句から五句続けるのが連句の決まり。このように、さも紙芝居のように、場面を次々展開して行くのが連句である。

芭蕉が、俳諧師から小説家に転身した西鶴に、ジャンルを超えたライバル意識を持っていたことは疑いないが、俳諧でライバルだったのは、芭蕉の一番弟子宝井其角(きかく)だった。ここでその其角について少し触れておきたい。

夕すゞみよくぞ男にうまれけり　其角
傘(からかさ)に塒(ねぐら)(貸)かさうよぬれ(濡)燕　其角

の句で有名だ。

芭蕉にとって其角は言わば「糟糠(そうこう)の妻」。貞門が廃(すた)れ、下克上の戦国時代のような談林派のジャングルの中で、リングに上がる好機。これを捉え世に出るまで、苦楽を共にした門人だった。奇角と名乗った方が相応しいほどの奇才。和漢の書や能・狂言・謡曲・俗謡を駆使した。スケールが大きいゆえに怪物と言われる。しかし奇才好みの当時の江戸の人々が、芭蕉以上に愛した通り、実は愛らしい怪物だった。洒落風の其門を起し、蕉門と並び江戸俳壇に存在感を示した。洒落風とは芭蕉の幽玄・閑寂に対して、都会趣味で凝った技巧を用い、奇抜な着想と新奇な趣向により頓智・洒落をきかせたもの。

其角は芭蕉がその才能をねたむほどの早熟の天才だった。芭蕉は連句では傑出していたが、発句では其角と互角か、場合によっては後塵を拝することを自覚していたのではないかと思われるほどだ。芭蕉は多くの門人の中で、其角にだけは生涯決して自分の俳風を押し付けたことがない。自分に合させようとも思わなかった。なぜなら、そういう相手ではない。一家をなした其角を、自分よりも才に恵まれた芸術家と認め対等に接した。

芭蕉と西鶴は同時期に同じ俳諧師だったから、お互い強く意識したはずだが、生涯顔を合わせていない。その中で二人と交流のあったかけがいのない人物が其角だった。二人とは二十歳程年下だ。師の芭蕉は西鶴嫌いだったが、其角はこれを忖度するような小さな器ではない。お構いなく、其角は西鶴の才能に惚れ、生涯親友だった。其角は江戸から二度大坂の西鶴を訪れている。一度目には西鶴の俳諧興行の後見（補佐役）を務めたほどだ。芭蕉・西鶴はお互いの動静を其角から詳しく伝え聞いていたことは疑いない。

其角の西鶴への思いの強さは、芭蕉・西鶴亡き後に出版した『句兄弟』にみられる。上中下三巻のうち、上巻は三十九番の句合（くあわせ）を載せる。三十八人の句を兄として、其角が弟句を詠んだ。句合一組ごとに機知に富んだ其角の判詞（優劣の判定の言葉）が付く。江戸俳壇でナンバーワンだった其角の自負だろうか、最後の三十九番だけは、其角の句を兄とし、芭蕉の句を弟とした。まずこれから見てみよう。

其角の兄句が
　声かれて猿の歯白し岑の月
芭蕉の弟句が
　塩鯛の歯茎も寒し魚の店

近代詩を思わせるような、鋭利な抒情を表現した其角。中国の詩人が詠んだ巴峡の哀猿の、断腸の叫びを描いた。猿のむき出した白い歯をクローズアップした奇才だ。月の白さが、その思いを相乗する。一方芭蕉は、其角の自分にはない異質で鋭利な感覚に圧倒されたか、あえて従来誰も俳諧に取り上げなかった、日常生活の一コマを無造作に詠んだ。余計な作為が一切ない。それは、才気走り、作為ありありの其角への、戒め・教訓ともとれる。

次に西鶴との句合を見てみよう。

西鶴の兄句が
　鯛は花は見ぬ里もありけふ(今日)の月
（鯛も桜の花も見られぬ里はあるでしょうが月はどこでも楽しめますよ）
其角の弟句は
　鯛は花は江戸に生れてけふの月
（鯛も桜も月までも江戸では見られますよ）
判詞には「折にふれては顔なつかし。今は故人の心に成ぬ」とあり、今は故人と心が一つになったようだと記す。そして西鶴の辞世の句を挙げ追悼した。
　末二年浮世の月を見過たり　西鶴
（人生五十年というのに、更に二年もこの世の月を堪能させて頂きもったいないことだ）
この句には悲壮感はさらさらなく、アンニュイでもない。五十年間人生を見尽した後の、清々しい達成感に満ちている。西鶴の人柄の大きさを伝えるものだ。

次の矢数俳諧の舞台は住吉大社、と決めた西鶴。当時は住吉神社と呼ばれていた。表筒男命、中筒男命、底筒男命の住吉神三神と神功皇后とを祀る海神である。はるか昔から、中国大陸や朝鮮半島との交易の安全を祈祷する祭神として名高い。摂津一之宮でもある。


「其角はん。これから始めるのが、おまはんに後見を頼んだ矢数俳諧というものでな」

「あの西鶴さんが始められたという」

「そうや。そうやが、次から次に新記録や新記録や言うて、うるそうてな。わしも運がようて浮世草子が大当たり。身体がいくつあっても足りんくらい忙しいさかいに。もうごちゃごちゃ言わさへん。ここで勝負付けたろと思うとる。俳諧のめでたい葬式や。江戸では到底見られれん景色やと思う。折角大坂に来たんやさかい、よう見て帰ってや」

毎年六月晦日は住吉神社の「御祓」神事。その豪華な渡御行列に負けんよう空前のスケールで大きくぶち上げたる、と意気込む西鶴だった。ボルテージが上がりすぎてショートしそうな危うさだ。

「楽しみにしてまいりました。随分格式の高いこの社に私のような若輩者をよく招いて下さいました。ところで、入り江に架かるあの立派な赤い反橋。太鼓橋と呼ばれているそうですが。あの反り具合だと上がり降りが大変ですね」

「その大変さで、神域に入らせていただくありがたみが身に染む、というあんばいでな。それとこの橋を造らせたのが誰か、ご存じかな。豊臣秀頼とも母の淀君とも言われとってな」

「なるほど、それにしても大勢の人ですね」

芭蕉の一番弟子で俊英の其角は、その聴衆の多さに目を白黒させていた。

「大坂のお人は物見高いのでな」

「どこも同じです」

「前の四千句の大矢数をやった時は、確か三千人やった。前宣伝も派手にやったから、今日の方がはるかに多いはずや」

「後見人だけでも百人以上いますね」

「百五十人やで」

実は談林の祖西山宗因の跡目争いの敵、論客岡西惟中もこの興行に立ち会っていた。舞台袖に祝儀を受ける場所を設けたが、その人だかりにニンマリした西鶴。何よりの心強い応援だ。

「この蒸し暑さです。身体壊さんように」

「身体は、この馬力や、どうちゅうことない。それより頭の回転のほうや、心配なのは」

社全体が人いきれでむんむんしていた。

そうこうするうち暮六つ（午後六時）の鐘。

始まる前からのお祭り騒ぎ。何千人というものすごい数の群衆が押し寄せている。飲む口実に来ているものも多いことだろう。

「えらい大入りやが、多ければ多いほど腕が鳴るなあ。じゃあ始めるとしょうか」

西鶴が、総まとめ役の門人西吟に指示した。もう社殿には一座が意義正しく座っている。正面床の間には天神名号が掛けられ、床飾りを背に勧進元がでんと構える。そのずっと前に西鶴が座し、読み役と書き役がそれぞれ三人ずつ交代で西鶴につく手筈だ。西鶴が詠みあげた句を、読み役が観衆に向かって大声で披露し、順次書き役が記録する。

はじめの合図の大太鼓が景気よくなった。西吟が舞台に立つ。

「どちらさんもお静かに、お静かに。それでは大坂が誇る矢数俳諧の大立者、井原西鶴が務めさせてもらいます。もう今日限り、これが皆様見納めになりましょう。一世一代の舞台。さてこの一昼夜で、どれだけの俳諧を吐けますか、御覧あれ」

場慣れしている西吟だが、さすがに今日は、観衆の数の多さに声が上ずっている。それでなくても拍手や掛け声で、かき消されがちなのにだ。いよいよ西鶴が裏から回廊に上がり、自信満々で正面に進み出た。顔は上気してほんのり赤い。床に座り、勧進元への感謝の言葉から口上を始めた。小柄だがよく通る声だ。それでもこの大入り。

「何も聞こえへんやないか。もっと大きな声でやらんかい」

「そうやさかい、静かに聞いてくださいい言うて頼んどりますのや」

「さてもお立合い。難波(なにわ)で知らぬものはないこの西鶴」

「聞いたことないな」

「知らんかったら、もぐりでおます」

「もぐりでえらいすまんかったな」

「もぐりでもなんでも大歓迎だす」

「前口上が長いぞー」

「えらいすんまへん。ほな一世一代の大矢数。やらせてもらいます」

「前の四千句の時も一世一代やて聞いたなあ」

「そや、そや」

「今度はほんまだす。本日放ち奉る矢数俳諧は、大勢の町衆の皆様の肝いりのおかげでおます。わてみたいな与太郎に目をかけてくれはって、もう涙が止まりません」

「そんな涙に騙されはせんぞー」

大坂のやじは昔からうるさいが、滅法暖かい。

西鶴が威儀を正す。始まったようだ。しかし、わずかに最初の発句が聞こえたばかりで、後は皆目わからない。スピードが速すぎて、それを理解する頭がついて行かないのだ。それでも西鶴の口はぱくぱく動き続け、執筆も筆を必死に運ぼうとしているように見える。だがこの速さだ。懐紙に聞き書きするのはとうてい無理な話だ、と其角は直感した。

「これはえらい速さや」

「新記録間違いなしや」

やんややんやの喝さいが響き渡る。酒も飲みながらの大騒ぎである。後見（補佐役）は大勢いるから適当に仮眠が可能だが、西鶴はそうは行かない。お茶を飲むときと、手水で席を外すとき以外は休めない。必死の形相が、その過酷さを伝える。西鶴は四十三歳。若くないどころか、老いの入り口だ。半日過ぎた頃、一万句をはるかに超えたと聞こえてきた。この人は人間ではない、俳諧の鬼だと其角は思った。係りが西鶴にお茶を注いでも、口を付けようともしない。何かにとりつかれたような、うなされているようにも見えた。

最後は身体が揺れに揺れて、もう倒れんばかり。一方観客の数は減らない。減らないどころか逆に増えている。噂が広がったためなのだろう。興行後の振舞や土産目当ての者も多い。あたり一面、人いきれでむせ返っていた。

この破天荒なイベントは、西鶴が倒れこんで終わった。しかしこれはポーズ。まだまだやれそうな勢いだ。

「信じられまへん。二万三千五百句でおます。ぶっちぎりの新記録。まことにめでたいことでおます。ここで皆さん一本締めやらせてもらいます。あとは心行くまで飲んでっておくんなはれ。よおー」と西吟が一応中締めをした。

以後これを超えようとするものは現れようもなく、この超人的な荒行を最後に矢数俳諧は打ち止めとなった。

神誡をもって息の根とめよ大矢数　　西鶴

西鶴の句の通りになった。

遊びに飽きた小児が、おもちゃをぐちゃぐちゃに引っ掻き回す。西鶴の矢数俳諧はそのような談林俳諧のちゃぶ台返しだったのか。以後方向感を失くしたことは確かだ。ただ西鶴は『大句数』の序で述べている。「釜の前・堂前、格別の違ひ、我つねづね片吟（独吟）し、詠草書にして三千六百句迄する事あり。是はかさねて取あぐべき物にもあらず。殊に諸人の中に出、独吟に句の取りまはし、五百句なるべき人は、ようよう二百と心得給ふべし」「堂前」の晴れがましい矢数俳諧のように、公的な場所に出ると、普段五百句独吟できる人でもせいぜい二百句しか詠めないと言ったもの。西鶴が二万三千五百句の矢数俳諧を成功させるために、どれだけの題材を蒐集し備えなければならなかったか。この準備の精進が、多様な浮世草子の誕生を約束したことも確かだ。

　矢数俳諧の興奮冷めやらぬ翌日の二人。

「其角さんや。あんたの句は気風がええ。発句はあんたの方が桃青（芭蕉）より上と違うのか」

　ずけずけと、西鶴らしい直截的な問いかけだった。其角が答えに窮していると、更に畳みかけた。

「蕉門ちゅう辛気くさいとこからやな。早う独り立ちしたらどないや。一家を構えたらええ。その実力や。そいで自分の道を進んだらどうや。其角というその立派な名前の通り」

「ありがとうございます。ただ西鶴さん。どっちが上か下かと言う事やないんです。師の桃青（芭蕉）が蔑まれてきた俳諧を、和歌や連歌のように尊敬されるものにしようと命を懸けておられる。その生き様に惚れこんでいます。そばでそれを見続けたいのです。別にその通り真似るつもりはありませんが」

「そうか惚れてしもたのか。桃青と一緒にいるのが幸せなんやな。そんなら仕方ない。わしは桃青に気を使いすぎてやな。おまえが窮屈な活動をする必要はないと思うただけや」

西鶴の二万三千五百句興行の年である貞享元（一六八四）年、その同じ年の二か月後に、芭蕉が『野ざらし紀行（甲子吟行）』の旅に出発し、その冬に『芭蕉七部集』の巻頭を飾る『冬の日』が出版された。西鶴が俳諧から浮世草子という小説に軸足を移すため、また芭蕉が漂泊の旅を通して蕉風を確立するため、それぞれそのスタートを切ったという意味で、二人にとって記念すべき年だった。

西鶴は最後の矢数俳諧を済ませた夏、天神祭りの花火を楽しんだ。いや楽しむつもりだったといった方が正確だろう。なぜなら、矢数俳諧の成功という歓喜に酔いしれ眺めていたのだが、突如全く違う感覚に襲われたからだ。その花火から悲鳴に近いものが聞こえてきたのだ。その悲鳴は談林俳諧という花火が発したもの。矢数俳諧のスピードにもはや堪えられないという悲鳴だ。その証拠に、興行としては成功だったが、吐き出した二万三千五百句の内、書き留められたのは一句目の発句だけで、あとは全く記録が残っていない。次々と作り出される付句のスピードが速すぎたために、書き留めることができなかったのだ。何しろ四秒弱に一句という速吟だった。破天荒な記録を達成した饗宴。西鶴は自らの存在の誇示という目的を達した満足感に浸ったが、その副作用に苦しめられることになる。それは次の句のとおり、脱力感を伴う深刻なものだった。

射て見たが何の根もない大矢数　西鶴

（パフォーマンスともいえる大興行の矢数俳諧で、派手に俳諧の矢を放っては見たものの、結局何も残らなかった、という意）

脱力感はあったが、しかし同時にいよいよこれにより、浮世草子に軸足を移す踏ん切りがついた。活路を見出したのである。

ただ、即吟のエースとして闊歩していたその西鶴が、突然俳諧から浮世草子に転じた理由が、実は他にもあった。俳諧の師であった談林の祖西山宗因が亡くなり、気兼ねがなくなったことだ。さらにライバル惟中との宗因の跡目争いにうんざりしていたこともある。しかしこういったことより何より決定的だったのは、西鶴は俳諧という器には到底収まり切れない圧倒的な筆力・連想力・記憶力の持ち主だったことだ。矢数俳諧で一昼夜独吟二万三千五百句をものする実力。連想をつなげてゆく連句的な力だ。最初西鶴が取り組んだのは、談林俳諧という風俗詩だった。散文的な意欲を連句という詩形式で満たそうとしたのである。しかし、そこで言い残したものや、到底語り尽くせなかったものが、残尿感みたいにあった。談林というより、俳諧そのものに限界を感じたことが大きかったと思われる。

十八面相　怒る西鶴

西鶴も芭蕉も、通俗性と自由性の深化を文芸上成し遂げた、時代の同志だが、芭蕉は西鶴を批判している。芭蕉の門人である去来（きょらい）が『去来抄』に記した。今日の小賢（こざか）しい人情を隅々まで捜し求め、西鶴の文章はみじめで落ちぶれたものだと。

日本文学の二つの柱のうち、芭蕉は中世以来の伝統である「あわれ」を、西鶴は「をかし」を重んじた。しかし二人の文芸観の齟齬は、詩人と小説家の違いが大きい。

芭蕉は度重なる挫折から無常観を抱き、わびの精神を重んじた。詩的情熱を専ら内面に向け主観に生きた典型的な詩人だ。目玉は自分に向かって内向きである。「私小説」につながる日本文学の伝統である。人間の尊厳や品格に拘る「理想主義者」でもあった。

一方、人間の恥部もいとわない「リアリスト」西鶴。芭蕉は専ら人間の善に留まったが、西鶴は悪にも果断に踏み入りその善への昇華を願った。西鶴は客観に生きた小説家である。西洋的で近代的な目玉はぎょろりと外に向いている。客観は克明が勝負、くまぐまと描けなければ小説家ではない。卑俗に徹したが故の暖かい包容力もある。

確かに『好色一代男』には「或時は。はだか相撲。すゝしの腰絹をさせて。しろきはだへ。黒き所までも。見すかして。」（巻三「恋のすて銀」）という描写があり、また主人公世之介が交合した人数を「たはふれし女三千七百四十二人。小人（少年）のもてあそび七百二十五人」と記してもいる。当時は男色（衆道）が庶民の間でも一般的だったから、それはいいとしても、放埓という言葉も逃げ出すほどの大胆さだ。一方芭蕉も西鶴同様写実を重んじる近代作家で、かつ「梅柳さぞ若衆哉女哉」の句の通り、梅に凛々しい若衆を、また柳になよやかな遊女を感じたほど、決して朴念仁ではない。むしろ色恋に通じていたが、下級武士出身であり、品格にこだわる武士精神の持ち主だった。西鶴の、人間の愚かな醜悪な部分であっても、いや恥部であるからこそ、その実態を克明に描き尽すべきという、極端なリアリズム精神に抵抗があった。しかし芭蕉があしざまに排したその西鶴だが、晩年にものした『西鶴置土産』は深い精神性を湛えた作品である。これをもし芭蕉が生前知っていたらどう感じたであろうか、と思うと残念なことである。

目覚めがよくない。芭蕉のすまし顔が浮かぶ。頭も痛い。昨日飲めないのを無理して飲んだ酒が残っているのか。そうではない。はっきり覚えていないが、大声でがなり立てた余韻だ。それほど腹が立ったのである。今日も続きでひとりごちた。

「点取り俳諧を見下げおって」

それは、俳諧仲間から宴席で聞いた話だ。江戸の桃青（芭蕉）が次のように言ったらしい。辛辣だ。《俳諧界を三種類に分けると、その最下等は点取り俳諧にうつつを抜かして歩く者達。風雅に志し精進を重ね定家・西行・白楽天・杜甫を理解する人は十人とはいない》

そこへ運悪く訪れたのは門人の団水だった。団水は見るからにおとなしい。女兄弟に囲まれてやさしく育った。清々しいまゆに整った鼻、口元は女のようにつつましい。

「団水か。ええとこへ来た。ちょっと聞いてくれるか。桃青の阿呆がほざいたらしい」

「師匠。何をそんなにご立腹されておられますのや」

「いやな。桃青が、わしら俳諧の点者をばな、ぼろくそに言いよったらしい。昨夜(ゆんべ)の会合で小耳にはさんだんやが。実に生意気なんや」

「あの方は、俳諧の進むべき道を、えらい高いとこへおいておられるようだすよって」

「何が高いとこや。蕉風か正風かしらんけども。自分はええ金づるがあんのやろ。隠棲して行脚三昧。好きに高いとこ目指したらええ。けど毎日の生活に追われてやな、その日暮らしの者に言わしたら『えらい結構なご身分で』となるわな」

「それは、確かに。俳諧師も点料稼がんとおまんまの食い上げでっさかいに」

「もっと誰もが楽しゅうなるようなものでないとあかん。あかんのや。何のために俳諧をやってるんや、桃青は」

愛猫だった八はもういない。西鶴はそばにあった薬缶のほっぺたを思い切りひっぱたいた。薬缶は思わず転がった。

「そんなんやったら、和歌か連歌に逆戻りやないか」

「それは師匠とかと違うて、もっと下等の点者のかたのことだっしゃろ」

団水も何とかなだめようと必死だ。

「まあそうかもしれんが。それだけやない」

「まだありますのかいな」

「矢数俳諧は確かに邪道や。非難されてもしゃあないが、わしの文章をな。桃青（芭蕉）が、こない言うたらしい。『あさましく下れる』と。何抜かしてけつかる。きん玉と書くのが何が悪いんじゃ。きん玉はきん玉やろ。他に言い方あるんか。ええ、そうと違うんか。ふぐりと言わなあかんのか。ふぐりでは文にならんのや。庶民の文にな。自分も文を書いてるんやったら、それぐらいのことわかるやろ」

『好色五人女』巻一「状箱は宿置て来た男」には、「きん玉が有かと、船中、声〳〵にわめけば、此男、念を入てさぐり、いかにも〳〵、二つこざります」とある。古来意気地のない男を「ふぐり（睾丸、きん玉は俗称）なし」と呼ぶ。

「さむらいは空腹でも高楊枝（たかようじ）、『腹が減った』とは口が裂けても言わんそうやないですか。それをきん玉でっしゃろ」

「わしの言葉尻とらえてとやかく言う。桃青がそんな薄っぺらなやつとは思わんかった。元さむらいかなんか知らんけど、木っ端役人、木っ端武士やろ。自分を何様と思うとるんじゃ。おまえも庶民の俳諧を目指してんのと違うんかい。いつまた貴族が恋しなったんじゃい。見損なうたわ」

「私も言わせてもらいますと、世の中を数値できちっと客観的に見る商人の眼は、桃青はんにはないと思います」

「団水、よう言うてくれた。ちゃんとわしの草子読みよったんかいな。わしが何を描こうとしてるのかわからんあほうではないはずや」

「桃青はんも、ちょっと肩に力が入りすぎというより、先生の筆の力に圧倒されて妬みがあるのと違いますやろか」

団水も試合巧者だ。師匠ではなく先生と言い方を変えた。

「草はきれいな花だけでできてるんやない。根っこがあるわな。お世辞にもきれいとは言われん根っこやが。しかし美しゅうはないけども、大事なとこや。この根っこなんや、人間の大事なところは。それとな。わしは牡丹のように描きたいんや。華麗にな。むなしいはかない人生やからなんや」

懐の何と深い人だろう。西鶴のこの言葉にぐっと来た団水だった。この師匠にずっとついて行きたいという思いを、団水は新たにした。

「先生のお創りになっているのは、ただの人気取りのためやない。人それぞれの尊い人生への深い思いが詰まっておます。いずれ桃青（芭蕉）はんにもわかる時期がくるんやないかと私は思います。今は蕉門が大全盛で、有頂天でっしゃろさかいに」

「せっかく貴族の和歌や連歌をやで、俳諧という形で、どんな庶民にも楽しめるもんにしようとして頑張ってきたんやないか。それをまたこんな低俗な言葉を使うたらあかん、下品なこと書いたらあかん、なんのかんのと小難しいこと言うてどうしょうちゅうんや、桃青は。自分だけ静かなええ景色のとこへ引っ込んでやで、風光明媚なとこへ旅して、きれいな文章書いて、お前はそれでええかもわからんけど。庶民は、よっぽどええ金づるでもないと、そんなことでけへんのや。むずかしい講釈して自分の俳風について来いて、なにぬかしとんや、とわしは言いたい。俳諧の決まりはできるだけ少ないのがええ。桃青の一番弟子の其角も口酸っぱく言うとったが、自由気ままがええんや。あいつはようわかっとる。辛い生活から抜け出せん大勢の人々の、ささやかな楽しみやないか。深刻がるのが好きやったら自分だけでやったらええ。辛うてもじめじめしたらあかんのや。からっとした明るいもんでないとな」

「桃青はんに聞かせてやりたいです」

ちなみに元禄四（一六九一）年刊行の『俳諧勧進牒』（蕉門の路通編）への芭蕉の一番弟子其角の跋文は以下のとおりである。

「誹諧の面目何と何とさとらん、なにとなにと悟らん。はいかいの面目はまがりなりにやつてをけ。一句勧進の功徳は、むねのうちの煩悩を舌の先にはらつて、即心即仏とするべし。句作のよしあしは、まがりなりにやつてをけ。げにもさうよ、やよ、げにもさうよの。」

この其角の「まがりなりにやつておけ」は「適当にやっておけ」という意味。形を整えるのは二の次で、即興性こそ俳諧の面目だと主張している。考えたすえの洒落が面白くないように、其角の句の多くは当意即妙に作られたことに面白さがある。其角晩年の俳風が後に洒落風と呼ばれた理由の一つは、彼が即興性を重んじたことによる。イエスマンではない。師の芭蕉とは別の俳諧観の持ち主だった。

十九面相　群れなかった西鶴

「師匠は浮世草子にかかりきり。俳諧も独吟ばっかりで。ちと寂しおましてな」

「連衆(れんじゅ)との連句のことか。確かに面白いんやが、みんなに気を使うことばかり多てな。気がそがれて肝心の自分がやりたいことがやれんようになってしまうのや。その点、浮世草子はなんの気兼ねもいらへん」

「近頃の蕉門の隆盛は連句仲間の力ですぞ」

「桃青（芭蕉）はそれに向いとるやつや。あれこそ弟子を集めるのがうまい商売人。蕉門という数で来よるからな。多勢に無勢。人集めも才と言えば確かにそうなんやが」

「このままでは大坂も蕉門にいかれるのとちゃいますやろか」

「団水や。負け惜しみやないぞ。でもな。もともと連句は貴族や武家や僧侶ちゅう上流の文芸。桃青が集めとるのは、江戸の暇な武家や浪人、それに金持ちの商人ばっかやないか。庶民には決まった日に集まれるほど暇はない。忙しいんや」

「話は変わりますが、桃青はんが私を蔑んどるらしおましてな」

「そうなんか、失礼な話や、自分だけが真っ当やと思うてけつかる。弟子まで「蕉風」を「正風」と称して自慢しとるらしいな。平家みたいなおごりようや」

大きな目を剥いて怒った西鶴。普段は意外と顔に似ず温厚だが、一度怒ると収まらない。かつて愛猫八も、怒ると毛を立てて大きく見せていたが、西鶴も身体を膨らませて一回り大きくなった。

「なにかで懲らしめてくださいませんか」

「まあそう怒らんとな。周りが太鼓持ちばかりで、自分が見えんようになってるんや。気にせんでええ。売られた喧嘩を買ったんでは同じ穴のムジナ。わしは磊落が信条や。おまえもそれでいったらええ」

「師匠のいわはる通り。それぞれが自分流で楽しんだらええんですな」

「その通り。えろううるさかった貞門やが。桃青は姿を変えた貞門や」

団水は群れない師が、そして派手と自慢は微妙に異なる、決して偉ぶらず、弟子を友として同等に付き合って下さる師が、好ましかった。

西鶴の弟子、団水への芭蕉の悪口が残る。

「団水こと、貴宅へ参り候よし、そのままになさるべく候。定めて是非の凡俗。」（団水が家を訪ねたらしいが相手にしなくてもよい。どうせ理屈ばかりの俗人だ。）（去来宛書簡）

団水を一刀両断に切り捨てた芭蕉。

北条団水（一六六三～一七一一）は西鶴の門人。京都の著名な俳諧点者かつ浮世草子作家だった。「団(まどか)なるはちす（蓮）や水の器(うつはもの)」、の句を西鶴から贈られ号とした。西鶴亡きあと「二代西鶴」を名乗る。そして、京都から移り住み西鶴庵主として七年の喪に服した。その間遺稿を整理し、『西鶴置土産(おきみやげ)』『西鶴織留(おりどめ)』『西鶴俗つれ〴〵』『西鶴名残(なごり)の友』四部作を編纂・刊行。西鶴への思い入れは半端ない。著書は俳書『団袋』のほか、浮世草子『日本新永代蔵(えいたいぐら)』など。

この団水だが『俳諧くやみ草』の中の連句が。

伊賀越(いがごえ)や郷侍(ごうざむらい)の春を得て　　春澄　（※郷侍…郷士のこと）

芭蕉が風の徳を吹らん　　団水
うたかたの水は日夜に流れ行　　千春

これを見れば芭蕉の俳風を慕い敬意を抱いていたことは疑いない。蕉門の丈草（じょうそう）とも交流があり、蕉門に親しみを感じていたからこそ、去来の家も訪ねたのであろう。西鶴の一番弟子で、京都俳壇では著名な北条団水の訪問は、去来にとってそれなりのニュースだったに違いない。しかし、去来から報告を受けた芭蕉の返答は、意外にも冷たいものだった。何故か。その理由の一つに、芭蕉の京都俳壇嫌いがある。元禄三年の芭蕉の歳旦句「薦（こも）を着て誰人（たれびと）います花のはる（この華やかな新春に、菰（こも）をまとった姿でいらっしゃるのはどなたであろうか）」が、京の他流の俳人から、めでたい元旦に乞食の句は非常識だと問題視された。これに対し、乞食に身をやつした高僧を詠んだこの句がわかる俳人が京都にはいないのか、と芭蕉が反発した。二つ目は芭蕉の点取俳諧（点者に句の採点を請うて、点の多さを競う遊戯的俳諧）嫌い。西鶴も団水も点取俳諧の宗匠だった。三つ目に団水が井原西鶴の一番弟子だったこと。『坊主憎けりゃ袈裟まで憎い』の通り、芭蕉の西鶴嫌いのとばっちりを受けた可能性が高い。

二十面相　人間を見尽した西鶴

「団水や、お前もこれから、俳諧だけでのうてな。わしのやってきた浮世草子にも是非力を入れてほしいと思うとる」

　師西鶴からのこの提案は、自分自身かねて思い描いていたことでもあり、団水にとって何よりうれしいものだった。

「色々気に掛けていただきありがとうございます。ですが、こんな私に書けますやろか」

「大丈夫や。才能は太鼓判押すさかいに」

「師匠の才能に圧倒されて、なんや自分の才能が、えらいちっぽけなもんに思えてしかたがありまへんのや」

「最初はみなそんなもんや。だんだん慣れてくる。欲も出てくるしな」

「そうですやろか。師匠の文章が何よりの手本でっさかいに、そらんじられる程読み込むつもりでおます」

「そいでな。話のついでにどうしても言っておきたいことがあるんや」

団水は師匠の珍しい真顔に少し驚いた。

「なんでございますか」

「文章の後味についてなんやが」

「はあ」

「文章を読んだ後に心に残るもの。これを書き手が大切にするかどうかで、玄人魂の有り無しがわかるんや。玄人魂ちゅうのは、役者で例えるとな。親が死にかかっているというような辛い時でも、それを舞台でおくびにも出さんと楽しい演目を楽しゅうやれる力のことや。玄人の矜持と言うてもええ」

「ようわかります」

「もちろん草子は、悲しい辛い話も混ぜて書かんと盛り上がらんし、第一面白うない」

「確かに世の中は悲喜こもごもでっさかい」

「そや。でも大事なんは、その辛い話のあとなんや。世の中には、こんな辛いことがおますのやと言うてアハハと笑うて終わる。これなんや」

師匠の言葉が団水の腑にしっかり落ちた。

「お口直しだすな」

「わかったみたいやな。どんなにむごい、非情な話でも、最後は優雅で軽やかに終わることができる、この器量がないと、いつまでたっても素人に毛が生えただけといわれてもしょうがない」

「客人に気持ちよう帰っていただくということですやろ」

「さすがに団水や。まだまだ、わしの眼に狂いはないわい」

「団水や。わしらは町人で有り難いこっちゃ。あの武士の窮屈さには耐えられんわな」

「おっしゃる通りでおます。具足を付けての合戦はのうなりましたが、仇討ちはじめ義理や面子に振り回される、がんじがらめの一生だすな」

「悲劇か、それとも喜劇か。まあ、そういうわしら町人も、金に振り回されて五十歩百歩やが。さらに男は男で、女を求めてさ迷い歩く人生やな。案外達観しとる桃青（芭蕉）が賢いのかも知れんな」

「達観とは自分だけがお高くとまる上目線。逃げでおます。師匠のように自分も愚かな人間の一人という自覚。皆と同じ目線で人間に挑む。私はそれに惚れて入門したのです」

「うれしいこと言うてくれるやないか。おまえの言う通り確かに愚かや、無様かも知れん。しかしやで。これが人間らしい生き様や。案外こっちのほうが豊かかもしれんな。それに、愚かでも不合理でも何でも、人の肥やしにならんもんはない」

「豊かですか。師匠の豊かちゅうのは喜怒哀楽に満ちてるという意味でおますか」

「その通りや。この愚かやが愛らしい人間、これを暖かく見守るのがわしらの仕事や」

飼い猫の「八」がいない寂しさが、西鶴の老いた身に染みるこの頃だ。華麗で大胆な作風が影を潜める。人生への執着を失くし、静かにあるがままの生をいとおしむ深い精神。その晩年の西鶴の精神を芭蕉は知ることがなかった。そして、同じ大坂で多くの門人に囲まれ華やかに客死した芭蕉と違い、西鶴は見守る者もなく生涯を終えた。小説家の孤独な境涯にふさわしい最期だった。

この団水が、「人生の観察家」「時代の観照家」と言われる師の西鶴を継いで、浮世草子に手を染めたことは先述した。西鶴は何よりうれしかったに違いない。

西鶴の遺骸は今の大阪市中央区上本町にある菩提寺・誓願寺に収め、板元と言われる下山鶴平（西鶴が養子に出した息子と言われる）と門人の北条団水により、墓碑が建てられた。碑面には「仙皓（せんこう）西鶴」とある。「皓」は、白く輝くさまから、潔白を表す。この墓は長く不明だったが、明治二十年頃になって、幸田露伴らにより境内の無縁墓から発見、再興された。代表作『五重塔』で有名な幸田露伴は、尾崎紅葉、坪内逍遥、森鷗外と並んでいわゆる紅露逍鷗時代を築いた作家であるが、芭蕉・西鶴に特に造詣が深かった。

（この作品は、令和四年十一月から令和五年二月にわたって『奈良新聞』にて六十三回連載されたものです）

〈参考文献〉

『新編日本古典文学全集井原西鶴集』小学館
井原西鶴『好色一代男』岩波文庫
井原西鶴『好色五人女』岩波文庫
井原西鶴『日本永代蔵』岩波文庫
井原西鶴『本朝二十不幸』岩波文庫
井原西鶴『世間胸算用』角川文庫
麻生磯次　冨士昭雄『西鶴織留　決定版　対訳西鶴全集14』明治書院
麻生磯次　冨士昭雄『西鶴俗つれづれ・西鶴名残の友　決定版　対訳西鶴全集14』明治書院
吉江久彌『西鶴全句集』笠間書院
宗政五十緒『西鶴の研究』未来社
水谷隆之『西鶴と団水の研究』和泉書院
石川八朗他　『宝井其角全集』勉誠社
津田秀夫『図説　大阪府の歴史』河出書房新社

若き日のマルクス夫妻とエンゲルス

百合とフリージア

一八四五年パリから追放されてブリュッセルに滞在していたマルクスを追うように、エンゲルスもドイツのバルメンから居を移していた。二人とも二十代後半、青年だ。

公園の池は、エンゲルスが、下宿先からマルクス家に向かう途中にある。その池は満天の星空のようにきらめいていた。ベージュ色、黄色、朱色、赤色、小豆色、緑色、カーキ色、茶色、こげ茶色、黒色。様々な色の落葉が一面に敷き詰められ、冬陽に輝いている。エンゲルスはその時、落葉という言葉が適切ではないと思った。多色の調和がもたらす落ち着きは慎ましやかでもあったが、一方余りにも豊饒、また華麗だったからだ。春を準備する植物の厳粛な営みだが、詩的なゆとりを備えてもいる。これは、かつて共に詩人を目指したこともある、自分とマルクスの二人が描いた理想社会そのものだった。

エンゲルスは、玄関のドアをノックしてから、あらかじめ錠を外してくれているドアを開けて中に入った。マルクス家を訪れるお客さまをまず出迎えるのは、シェークスピアの肖像画だ。もちろん複製だが、聡明さを示す大きな額と口ひげが特徴的な有名な版画である。同じく玄関には百合の花が飾られていた。百合は古代エジプトで豊饒の象徴とされ、農耕の女神イシスに捧げられる花。エンゲルスはこの花が一番好きだった。この白い花を見ていると、その気高い香りと姿で心身ともに浄められるような気がした。汚れた気持なんか生まれようがない。

「リンリン。リンリン。おじゃまします」

エンゲルスは玄関の鈴を鳴らすかわりに、口で鈴の音を真似たのだ。茶目っ気たっぷりだった。

「ワハハハハハ」

エンゲルスの冗談に慣れているマルクスだが、つい笑ってしまう。

マルクスが思いっきりの笑顔で出迎えた。

「ほほほほ」

玄関に出たイェニー夫人も、あいさつする前に笑ってしまう。

エンゲルスの作戦勝ちだ。

「いやあ。お待ちしていました。むさくるしいところだけど。どうぞ」

「確かにむさくるしいね」

と冗談がとまらない。

マルクスの対応は、何十年来の親友というほどの歓待だった。

「イェニー。この方がいつも話している有名なエンゲルス君だ」

「奥さんですね。初めまして。私がかの有名なエンゲルスです。お会いできてうれしい。この前伺った時は奥さんがお留守で、お会いできませんでしたので」

「そうでしたわね。初めまして。イェニーと申します。よくお越しくださいました。わたくしもお会いできてうれしゅうございます。主人がなにかとお世話になりっぱなしで申し訳ございません」

「いいえ、こちらこそ。おふたり目がお誕生と伺いました。おめでとうございます。これつまらないものですけど——。気に入っていただけるかどうかわかりませんが」

「ありがとうございます。早速拝見してもよろしいかしら」

「どうぞ、どうぞ遠慮なく」

「あら、素敵なソックスだこと。ピンクがかわいいわ」

「喜んでいただけるとうれしいです。ところで赤ちゃんのお名前は？」

「ラウラと申します。長女はジェニーです」

「しっかり覚えておきます。育児で大変な時にお邪魔して申しわけありません」

「とんでもない。気分転換になって有り難いくらいですのよ」

イェニーの抱いたエンゲルスの第一印象は、理知的な人というものだった。声もバリトンのマルクスと異なり、澄み切ったテノールで、第一印象と共鳴する。それに身ぎれいで、おしゃれだった。明るいブラウンのマフラーが鮮やかだ。そして、マルクス家に経済援助を続けて随分になるが、それをおくびにも出さない。自身の育ちの良さもあるが、それより何よりマルクスの才能にべた惚れだった。彼の著作の一語一語が明快で実に心地よい。その言葉に触れるだけで幸せになれる。進んで援助を続け、マルクスの才能の完全燃焼を促したい気持ちだったのだ。


イェニーは丁寧にお辞儀をした。やはりいいとこのお嬢さんである。マルクス好みだろうか、首回りを詰め、裾が長い、白の簡素なドレス。なで肩を優しく包んだ袖は手首で広がる。それは古代ギリシャ・ローマの彫像を思わせるものだった。衣装も立派だが、女性には珍しく胸を張り、まるで女士官のような気高さ、媚びるところがない凛々しさだ。エンゲルスは、白い衣をまとったマルクス夫妻が、はるか遠くの同じ一点を凝視しながら並んで立つ、古代の彫像のような姿を思い浮かべた。

　案内されてソファに腰を掛けたエンゲルス。居間には夫婦それぞれの祖父の肖像画が飾られている。イェニーの祖父はシェークスピアに造詣が深い人だったらしいが、貴族だからであろうか、その肖像画は誇らしげに見えた。両家は家族ぐるみの付き合いで、マルクスも若い頃から肉親のように親しみがあったという。その二枚の肖像画の間にはおしゃれな食器棚があり、中におさまった銀の食器は、取り立てて言わなくとも存在感があった。そして、玄関の百合の花から一転、心地よい変奏があった。テーブルの小さな花瓶に黄色い素敵な花がさりげなく飾られていたのだ。すっきりとした、どちらかというと華奢な茎から、まるで競うかのように七つ八つの筒状の可憐な花が弓なりに行儀よく並んでいる。それが四、五本入っているから賑やかである。部屋に入っていい香りが漂ってきたわけがわかった。

「甘い、うっとりするようないいにおい。素敵な花ですね。何という花ですか」

「フリージアといいます。うちの小さな庭に毎年元気に咲いてくれます。肥料をたくさんあげたからでしょうか、今年は背も高くなって。私の一番好きな花ですのよ」

「なんと屈託がない。この私を見て見て、とでも言っているかのようです。元気をもらえます」

「いじけたところが全然ないでしょう。実際生命力にあふれています。こうして切り花にしても、つぼみまで次々と全部、見事に咲いてくれます」

イェニーはどんなに貧しくなった時でも、この生け花を飾ることは欠かすことがなかった。

フリージアは日当たりが良く風通しの良い温暖な気候を好む。寒さには比較的弱い。その名前の由来だが、南アフリカで植物採集をしていたデンマークの植物学者エクロン(Christian Friedrich Ecklon)が、発見した植物を親友のドイツ人の医師フレーゼ(F. H. T. Freese)に献名したことからという。

「イェニー。このエンゲルス君は、前に話したけれど、大きな工場主のぼんぼん、御曹司でね。この男前の顔にも書いてある。そしてぼくと同じ、生まれつきのジェントルマンだ。アハハハハ」

「それに語学の天才で、ぼくの語学の先生」

エンゲルスは何ヶ国語も駆使する、正真正銘の語学の天才だった。その才能は、生涯を通して、国際的な労働運動の活動にいかんなく発揮された。また、英語が不得意だったマルクスを助けて、英語の論文を代筆したほどだ。

「おいおい。マルクス君。ぼんぼんにぼんぼんぼんと言われてしまったか。よしてくれよ」

エンゲルスは恥ずかしそうに手を振る。

「語学はまあまあですが、ジェントルマンかどうかは、自信がありません。そのように努めていますが。ウワッハッハッハッハ」

エンゲルスは予想通りの好青年だった。

快活なイェニーだったので、エンゲルスはすぐに打ち解けることができた。

「奥さん。それにしても素敵なドレスですね」

「ありがとうございます。モールのお気に入りですのよ」

「さっそく当てられちゃったなあ。仕返しにぶっちゃけてお聞きしますよ。よろしいですか」

「何なりと」

「じゃ。お言葉に甘えて。こんなにお美しいあなたが。どうしてこんな熊みたいな男と一緒になられたのですか」

「あら、その質問。想定していましたことよ。ウフフフ」

「えっ。見透かされていましたか」

「はい、その通りです。実はお互いの家が歩いて数分しか離れていない近所で。子供のころからみな遊び友達だったのよ。それで、見かけよりこころざしを取りましたのよ。ほほほほ」

　これを聞いたマルクスがあわてて言葉をはさむ。

「おいおい君。見かけが随分悪いように聞こえるじゃないか。ワハハハハ」

「モール君はとにかく活発だから。ぐいぐい押したのだろうなあ」

　イェニーがシェークスピアの一節を朗唱する。

「『気高く澄んだ理性の働きは、耳をくすぐる鐘の音』」

「突然オフィーリアになられたか。モール君の本質をしっかり見ておられる。すてきな奥さんだ。ついでにひとつアドバイスしておきますよ。モール君は女性に優しすぎるから気を付けてください。ウワッハッハッハッハ」

「よくわかっていますわ。男の人は皆そうですから。しっかり監視しないとね。男性は女性平等と言いながら、結婚しても恋人を求めるのだから。自己矛盾じゃありませんこと」

「これは手厳しい。モール君。君の妻は手ごわいな。ウワッハッハッハ」

　マルクスも負けてはいない。

「頭が冴えているところへ品行方正ときたら、砂糖に蜜を掛けるようなものじゃないか」

「エンゲルスさん。そういうあなたも主人の心の友だから、よく似ているのじゃありませんか」

「これは一本取られちゃったな。ウワッハッハッハッハ」

マルクスがもう一つお返しをする。

「『もって生まれた弱点というやつだが、もっともこれは当人の罪ではない、誰も自分の意志で生まれてきたわけではないからな』ワハハハハハ」

「おーっと。またシェークスピアが出てきたな」

「浮気なんかすれば『両眼は流星のように眼窩をとびすさり、その束ねた髪も猛り狂った山荒しの針毛のように一筋一筋逆立つであろう』オホホホホ」

「モール君。ほら。くわばら、くわばら。ウワッハッハッハ」

「それに熊と言えば、ギリシャ神話のカリストを思い出すわ。アルテミスの侍女で、純潔を誓ったのにゼウスと交わり身ごもったことで、アルテミスの怒りを買い熊に変えられた話よ」

「奥さん。ぼくも知っていますよ。ゼウスがカリストを憐れんで、天に上げ『おおぐま座』にしたのでしたね。そして息子のアルカスは『こぐま座』になった」

「よくご存じだこと。その通りよ。うちのモールは、はじめから熊なのね。ホホホホホ。エンゲルスさん。それと少しやんちゃなところかしら。モールの姉で私の同級生だったゾフィーから聞いた話。ちっちゃいとき悪ふざけが好きないたずら好きだったらしいわ。でも姉妹に物語を聞かせるのが得意だったそうよ」

「話がうまかったのだね。小さい時から」

「モール」とはアフリカのムーア人のこと。髪も目も黒いマルクスにつけられた愛称。エンゲルスも、もうそれが会話に自然に出る程、マルクス家に溶け込んでいたのだった。

「エンゲルスさん。女は自分の運命を決めるのに微笑一つで足りるのよ。男を捕まえるのはそれだけで十分。男の貞操ってそれだけ軽いものだと思いますよ。男は天性の浮気者だから」

「参りました。申し訳ありません。世の男を代表してお詫びします」

「ところで奥さん、家事に子育て、大変なご苦労でしょう」

「女は家庭では労働者。男はまるで資本家。まずここから始めてもらわないと」

「全く反論できません。同じく男を代表して深くお詫び申し上げます。ウワッハッハッハッハ」

「たまに忙しさに追われて殺気立ってね。モールにつらく当たるときもあるのよ。そんな時は、自分が薄汚い雌鶏(めんどり)になったような気がするわ。自分が女だから、女の不潔さもよくわかっていますから。それに理屈っぽい私ですから、無性格みたいな、俗にいう女らしい人をうらやましく思うこともあるのよ」

「雌鶏か。ちょっと想像できないなあ。しかし、女性はそんなにいつも自分を見つめない方がいいですよ。男のわがままかもしれないけれど」

「『ヴェニスの商人』のグラシャーノーが言っていますわ。『張り合いがあるのは、追いかけるときのことさ、それに較べれば、後の楽しみなど小さなものだ』ってね。いつも理想を追い求めて幸せそうなモールを見ているのが、一番の励みです。まあ、ゆっくりしていってくださいね」

「ありがとうございます」

イェニーは厨房に向かった。

二人の女性好み

マルクスはイェニーとエンゲルスとの会話に、ある感動をもって聞きほれていた。そのマルクスにエンゲルスが話しかけた。

「何をぼんやりしているのかね。それにしても奥さんのシェークスピア通にはびっくりからね」

だ」

「そうだろう。彼女の父親から、その薫陶を受けていたのだよ。小さい時から。ぼくもだが。シェークスピアのドラマのかなりの部分を英語とドイツ語でそらんじていた人だった

からね」

「そうなのか。それでよくわかったよ」

「それはそうと、イェニーからは色々細かいことで注文がついていてね」

「君は少しだらしないところがある。だからじゃないか。『ままにならぬは、かかあにお仕置き、と申します』。ウワッハッハッハッハ。玄関の百合の花を見て思ったのだが、女性は月の女神アルテミスのような小柄で華奢な女性が好きだな」

「へえ、君はそうなのか。そういう女性は辛辣だぞ。醜や鈍に対して容赦しない。気に入らぬ男性には残酷なことを平気でやりかねない。人間や野獣に矢を放ってやさしく殺す女狩人だから。ぼくはヴィーナスのような女らしい、乳房も大きいふくよかなのがいい」

「高邁な君にしては、意外だが。ふくよかを通り越してでぶっちょになってもかい」

「それはちょっと困るが」

「まあ。随分好みが違うよな。それはともかく、家族を連れての引越し、大変だったと思うが。君は自分のやりたいことをやっているのだから辛抱は当たり前だが、奥さんのほう

は大丈夫かい。人間の成長は困難な条件でこそ高まると、言うのは簡単だが、実際たくさんの子供を抱えて、それだけでも大変なのに。こう逃亡者のような生活じゃ。ほんとに労わってあげないとだめだぞ」

「わかっているよ。いつも感謝している。女房の実家のヴェストファーレン家のばあや、ヘレーネ・デームートって言うのだが。この四月にマルクス家のお手伝いとして来てくれてね。ありがたい。ヴェストファーレン夫人が、娘イェニーの結婚を機に、それまで一緒に住んでいたクロイツナハからトリーアのもとの家に戻ったのだが、今度娘への最善の贈り物として派遣してくれたらしい」

「それは良かったじゃないか。奥さんも大助かりだろう」

「パリに出た時にも、君のお蔭で仲間に寄付を募ってもらって、経済的な苦境を乗り切ることができたのだが、何と感謝したらいいか。君には甘えっぱなしだ」

「そののんびりさが、いかにも君らしい。君のいいところでもある。それは気にしなくていいと思うよ。それより、そのうちに君はベルギーでもいじめられて、行き場がイギリスしかなくなってしまわないか。心配だ。われわれ物を書く人間は、捕まるまいと思ったら、沈黙しかないのだからな。全く」

「そういう君もよく似た状況じゃないか。君がせっかく来てくれたこのブリュッセルで、大切な使命がある。ドイツの社会主義者とフランス・イギリスの社会主義者との連絡を密にして、ドイツ人にフランスやイギリスの社会主義の進歩のさまを知らせること。そしてドイツで進めている社会主義運動の現状を外国人に知ってもらうことだ」

「うん。国を超えた、ぼくらの文筆活動だが。社会運動が国家的制約から自由になるためにどうしても必要なものだ。やってやろうじゃないか」

エンゲルスの得意のポーズは健在だった。

そのポーズというのは、掌で拳を作り、手首を内側に捻じ曲げながら立てて、胸の前に突き出し、力を込めて軽く揺さぶりながら止めるというもの。彼独特の勇ましいポーズだ。マルクスが生涯、このポーズから何度勇気をもらったことだろう。

マルクスは貴族の娘と結婚したとはいえ、その実家は資産家ではない。パリで発行した『独仏年誌』はドイツ国境で没収され、マルクス家は無収入となった。一八四四年末に、エンゲルスとの共著『聖家族』の原稿料の一部が手に入っただけだ。これから書くと約束してある、『政治および国民経済学の批判』と題する著書の印税を前借するしかないというありさま。そんななか何よりも心強かったのは、郷里バルメンに帰っていたエンゲルスの存在だった。早速マルクスのために救援募金を始め、その第一回分を送ってくれたばかりではない、自分の著書の印税まで提供すると申し出てくれたのだった。マルクス一家は亡命の最初の数年間、貧困のどん底で暮らし、その五年の間に三人の子供を失くしている。マルクスはエンゲルスの定期的な援助によって、やっと窮乏との苦しい闘いに堪えることができたのだった。

人類という家族の一員として

「エンゲルス君。一つの主張からの演繹ではなく、君の見据えたイギリスの労働者の悲惨な事実からの帰納。君は個別の事実から一般的な真理を導き出すことに秀でた人だ。ただ矛盾を暴露するだけの仕事に満足してだよ、軽蔑的に『ふん』と言って立ち去る人間と、君は全く違う。君の行動は一貫して立派だ。何よりメアリーさんという労働者階級のフィアンセを選んだ。ぼくなんかは安易に男爵の娘を愛してしまってさ。生活苦にあえいでいるのに、中流階級根性がなかなか抜けない。恥ずかしいというほかないよ」

「それはおかしいだろう。奥さんの出身階級なんて気にしなくてもいい。その奥さんがどういう考え方を持ち、どういう生き方をしているかだ」

「確か一八四二年だったたか。イェニーの父の男爵が亡くなった時、遺産はほとんどなかった。マルクス家のような持家も山もない。先祖伝来の銀器だけだった。だから貴族の娘と結婚したと言っても、経済的な恩恵は全くなかったのだ。何か言い訳がましいが」

「君はぼんぼんだね。労働者階級のために戦っているのだよ、ぼくらは。中流階級根性は早くなくした方がいい。言行一致は大切なことだ。説得力がそがれてしまうじゃないか。まあそれはそれとして。結婚相手の人間性というか、考え方を含めて君が好きになったのだから、それでいいんだよ。義務心から相手を選ぶこと自体、不自然じゃないか。僕はたまたまそうなっただけさ」

「そう言ってもらえると少し気が楽になる。ありがとう」

どちらかというと経済面でルーズなマルクスに対し、エンゲルスは手綱を締める必要を改めて感じた。

「ところで君が今年出版した力作。労作と言うべきかな。『イギリスの労働者階級の状態』は本当に素晴らしかったよ。君はりっぱなジャーナリストだ。同じ「人類という家族の一員として」というイギリス労働者への呼びかけには、胸が熱くなる。プロレタリアートがブルジョワジーに代わって国民の指導に当たれる力があることをも示してくれた。実に意義深い」

「ありがとう。苦労して駆けずり回った甲斐があったよ」

「君のマンチェスターの描写の中にあった言葉。『もし、人間は万一の場合に、体を動かすのにどれほどわずかな空間があればたりるか、呼吸するのにどれほどわずかな空気――そしてなんという空気だろう！――があればたりるか、人間はどれほどわずかな文明で存在することができるか、ということを知りたいのであれば、ここに来さえすればよい』。怒りを通り越して呆然としている君の姿がありありと思い浮かんだよ。労働者の過酷な非人間的な環境を知っていながら、改善しようとしない社会。これを君は傷害致死ではなく殺人と言い切った。社会的殺人と。ショックだったよ」

「ぼくのあせりが伝わってよかった」

「『競争』のところでも感心したのだが。労働者がばらばらにお互いに競争するのは、ブルジョワジーにとってこれだけ好都合なことはないというところ」

「やはり労働者は団結しないとね。労働者は自分たちを階級全体として感じ始めている。一人では弱いが、集まれば一つの力になることに気付いている。素晴らしいと思はないかい」

「それは頼もしい。いやもう、これだけの事実を次々と積み重ねられたのでは、ブルジョワジーの誰も言い訳できないだろう」

「ぼくは、ブルジョワジーを全世界に告発するための罪業記録簿を作成するつもりでやったのだ」

「なるほど。気構えが違うわけだ。それと、敵側の提供する資料を証拠に使う、というやり方は説得力がある。具体的な事実に対する感覚が鋭敏だよなあ。ぼくにはとてもかなわない。それと、理想とか理念とかいうけれども、やっぱりその厳しい現実の中からだよ、やむにやまれずして生まれるべきものだからね」

エンゲルスは最後に次の言葉を付け加えた。

「ドイツのプロレタリアートは成熟していない。まだまだだ。だからこそ、イギリスのプロレタリアートの状態をまとめたこの書物は、重要な意味を持つと確信している」

モルモットが回す車

「マルクス君。君の出発点は哲学だ。だから、全体を俯瞰してから掘り下げていく手法。ぼくは君の言う通り、真逆かもしれないなあ。細かい事実を積み上げて全体を構成するというやり方だから。それにしても、あの『マグナ・カルタ』と権利請願・権利章典、合わせて三大法典。この素晴らしいイギリス憲法を持つ国なのに、この破廉恥はなんだ。イギリスのブルジョワジーは金儲けのためには手段を選ばない。労働者をものとしか考えていない。ぼくは、イギリスのブルジョワジーのありとあらゆる罪業を全世界に向かって告発するつもりだ。イギリスの政党幹部や議員たちにも送ってやろうと思っている」

「その告発は素晴らしい。でもイギリス人が性悪に変わったのではない。そういった人間をつくる、この資本主義というシステム、メカニズムが問題なのだ。前にも言ったが、君も知っての通り、人間の意識が人間の経済的必要で決まるということ。まず生きる糧がないと生きゆけないからね。プライオリティの一番が経済ということだ。資本家が守銭奴として生まれるのではなくて、経済システムがそういう人間を作ってしまうということ」

「そのシステムに人間が踊らされているということだよね」

「そのとおりだ。お金が人間を支配し、人間がお金を礼拝する。富を最終目標とする社会はもうこりごりだ。巨大な生産手段や交通手段を魔法で呼び出したかのような近代的ブルジョア社会なのだが。この惨状を見ていると、まるで自分が呼び出した地下の悪魔をもはや制御できなくなった魔法使いみたいだ」

「モルモットが自分の回す車の回転の速さに遅れまいと、さらに足を動かすのに似ているなあ」

この表現を聞いた途端、マルクスの頭には実際モルモットが死に物狂いで足を動かす情景がありありと浮かんだ。

「そして交通手段といえば、鉄道ができたおかげで、かつての十倍の地域を統治できるようになった。しかし、そのわりにはメリットが十分生かされていないのだけれども」

「確かにヨーロッパは今も、国境線は馬車の時代に引かれたままだ。その網の目に縛られているからなあ」

「ところでマルクス君。話は変わるが。僕たちの考えはすべて独創じゃない。先人の叡智のおかげだ。言うまでもない。だから独善というか、思い上がりは良くないと思っている。謙虚でないと。お山のてっぺん志向が強いと傲慢どころか排他的になりがちだからね。特に戦術的な議論は、戦う相手の出方もあるから最初から正解なんてない。問題は多々あるけれども、キリスト教だって兄弟愛を根気よく広めようと努力を重ねてきたし。世界平和を説いたカントをはじめ、人類の幸福を目指した善意の偉人が多くいたことを忘れてはいけないよな」

「宗教はもちろん、哲学者の掲げた理想は高邁だった、君の言うとおりだ。しかし、世界をいろいろに解釈してきたに過ぎない。大切なのはそれを変えることだ」

「もちろん君の言うこともわかって言っているのだけれども。それと、ぼくが初めてイギリスに来た時チャーチスト運動の人たちに接したのだが、すぐにシンパになったし、あのロバート・オーエンにも感動したんだ」

「オーエンはイギリス労働運動の偉大な指導者だし、アメリカでの共産村の建設などは素晴らしい試みだと僕も思っているよ」

「くりかえすが、ぼくらの理論も先人の知的遺産のおかげだからね。謙虚でないと。それと戦術論は君の得意分野じゃないかもしれないが、ぼくは革命を暴力的にやるのは、本当にやむを得ない場合に限り最小限にすべきだと思っている。暴力で手に入れた権力は、同じ暴力で奪い返されても文句を言えないからね」

「同感だ。確かに暴力は民主主義以前のツールだからね。イギリスやフランスでは御用済みかもしれないね。いやあ、ずいぶん話が大きくなってしまったなあ。それにしても、ほんの少し前、あのヘンデルやハイドン、モーツァルト、ベートーヴェンといった一流の音楽家が皆イギリスに憧れていたからね。市民の自由に。実に残念だなあ」

「結局それもあくまでブルジョワジーの自由、限定つきだったわけだ」

（ロバート・オーエン（一七七一〜一八五八）はイギリスの実業家・社会改革家・社会主義者。人道主義・博愛主義の実践として労働環境を重視、協同組合の基礎を作り、労働組合運動の先駆けとなった。「イギリス社会主義の父」とされ、初めて本格的な労働者保護を唱えた。

共産社会建設を試みたが失敗。サン・シモン、フーリエと並ぶ、階級闘争概念を持たない空想社会主義者といわれる。）

熟した柿

「エンゲルス君。余りイギリスをくさし過ぎたから言うのだが。ほら、君が著書の中で引用した、労働者階級の困窮度を示す種々の統計があるだろう。あれは当局が公正な見地から調査したものだよね。多少ブルジョア寄りなのはやむをえないが、数値を恣意的に改ざんしたりしてはいないし、また隠ぺいもしていない。これは実に驚きだ。イギリスはそういう意味では立派な国だと思う」

「なるほど。そういう見方もあるか。過小評価しすぎだったかな」

「と、思うよ、とにかく民主主義がしっかり機能している。そして国民一人一人が自立している。フェアを何よりも大切にする国民の厳しい目があるじゃないか。十時間労働法にしても、労働者の利益を法律の形で承認させたものだ。実に頼もしい。画期的なことだ。どこかの国とは大違いじゃないか。すべてお上の言う通りと考えている国民とね」

「ウワッハッハッハッハ。えーっと。どこの国だったかな」

「君がさっき話題にした『マグナ・カルタ』。イングランドで確か十三世紀だったか。制定された。あれは無策な戦争に辟易した貴族たちが国王に突きつけたものだったよね。王の権力を制限し、法で縛るものだった。これはすごいことじゃないか。為政者・支配者をしばる伝統を培い、それを大切に伝えてきたのだよ」

「マルクス君。君の言うとおりだな。それは考え直すとして、何度も言うが。あくまでそのイギリスのように成熟した国だからこそ、革命には暴力は無用だと思っているし。あくまで過渡的だが、今までの国家形態で最善の民主的共和制、これを引き継ぐのがよいとも思っている。国家は消滅すべきものというのが前提の話なのだが。なぜなら国家といっても今の国家は、全ブルジョア階級の共通の事務をつかさどる委員会に過ぎないのだから」

「ほおー。ブルジョアの委員会か。なるほど。なるほどな。うまく言ったもんだ」

マルクスはエンゲルスの『ブルジョアの委員会』という表現がたいそう気に入った。

「歴史を振り返ってみるとだよ。選挙権はじめ国民の権利は、財産によって等級づけされてきた。それでも普通選挙権は労働者階級の成熟の尺度だし、民主主義は大切な財産だ。だからあわてなくてもいいと思う。成熟した柿が自然に落ちるのを待てばいいのだよ」

マルクスはエンゲルスの言う鮮やかな比喩に感心し、その情景を思い浮かべた。おいしそうに十分熟した柿が地面に落ちる音まで聞こえた。

絶望には希望よりもさらに勇気がいる

「ドイツと比べたらフランスの政治は格段に上だよね。実に羨ましい。ぼくは二年前（一八四三年）オランダを旅行した時、痛感したんだ。ドイツは悲しいほど遅れている。深く泥沼にはまり込んだみたいにね。ドイツの人々は、自分が生まれながらの主人の所有物で主人に奉仕するのが当然、という考え方を当たり前と思って疑わない。それに比べてオランダ人は、一個の公民として自立していたから。だけど、君の著作『イギリスにおける労働者階級の状態』で言っているね。イギリスの産業革命は、フランスにとっての政治革命、ドイツにとっての哲学革命と同意義だと」

「マルクス君。政治では君の言う通りだ。それでもドイツは良いところもあるのだよ。フランスの啓蒙思想は、自由と平等と理性によって社会を作るため、国民を無知から解放しようとして生まれた。一方、宗教改革で勝ち取った精神の自由を受け継いで、社会変革の思想的準備をしたのがドイツ古典哲学だ。カントに始まりフィヒテを経てヘーゲルに至る。

これは他のヨーロッパ諸国に決して劣らないどころか、むしろ誇るべきものだよ。そして、科学の分野では他の文明諸国と対等どころかむしろ優れているくらいだ。一つを除いて」

「なんだい。その一つというのは」

「それは経済学さ。経済学は、君も知っての通り、資本主義経済の理論的な分析をする学問だ。ドイツは、その資本主義が遅れているから当然と言えば当然なんだが。宗教改革と農民戦争以来数百年間、停滞したままだからね」

「数百年か。生やさしい遅れじゃないなあ」

「まずドイツ帝国からオランダが別れたから。世界商業から締め出されて産業が発展しなかった。さらに言語も文化も同じなのに、ドイツ民族は一つの統一国家じゃなかった。小邦に分裂したまま今も続いている。関税障壁や商業統制。手工業者のギルド、ツンフト取引や貴族支配。まるで中世さながらだ。滑稽なほど遅れたまま、帝国諸都市が衰退した。これが情けない現在の姿だ。その間に、オランダに続いて、イギリス・フランスが世界商業を支配し、次々植民地を拡大、マニュファクチュアも発展させて、その先頭に立った」

「エンゲルス君。確かに、惨状というべききわがドイツの現状。思えばあのナポレオン。彼はドイツが象徴する旧世界の汚物を清掃してくれたたし、交通機関の文明化にも貢献した。そしてその時敵対したドイツ諸侯は、イギリスのブルジョアジーお抱えのただの傭兵。主人の指図があれば他人のために絞め殺し合う、雇われ兵士だった。征服され支配されている国民なら同士討ちさせられても仕方がないが、情けない話だ。だから、ぼくは一八一三年にフランス革命を打ち負かしたドイツの愛国心はむしろ恥じるべきだと思うが、この羞恥(しゅうち)がない。新しい騎士フリートリヒ・ヴィルヘルム四世の、笑うべき体制。彼がいずれこのおめでたい愛国心を葬り去ってくれるとぼくは信じている」

「笑うべき体制か。絶望には希望よりもさらに勇気がいると誰かが言っていたが」

「少し厳しいが、俗物つまり名誉や利益ばかりのつまらない人間。この俗物が世界の主人でいられるのは、ただ屍を埋める蛆虫のように仲間がいるからに過ぎない。彼らの望みは、生きることと増殖することだけだ。ドイツ人は、これ以上は何も欲しないほど分別がある」

このマルクスの言葉は、ドイツの現状に対する抑えきれない怒りに満ちていた。エンゲルスはその怒りをひしひしと感じた。

「辛辣な皮肉だね」

マルクスの怒りはとどまることを知らない。

「自由を欲する感情。これを俗物たちに覚醒させねば。この感情こそギリシャ人とともにこの世界から消え失せ、キリスト教とともに遥か天国のかなたに霞んでしまったものだ。

自らを人間として感じないものは、飼育された家畜と同じで、成長しても自分がない。彼らの主人の持ち物になるだけだ」

「奴隷根性だね」

「そうだ。主人に隷従し忠誠を尽くし忠勤を励むことだけが使命と思っている。俗物の世界は政治的には動物界と同じだ。ドイツはその完全な俗物世界にある。俗物は君主制の材料であり、君主はいつも俗物たちの王だ。人間を再興したフランス革命からは、悲しいほど遅れている」

マルクスは口角沫を飛ばし、激昂したが、その怒りには涙も交じっていた。

主役のいない道化役者

「君の怒り、よくわかるよ。ドイツの旧体制は、本物の主役がいない世界秩序の道化役者でしかない。最後のステージでは喜劇として現れる、そのいい見本だ。何故って、人類が明るく朗らかに過去と決別するためだ。それでも一八四〇年を過ぎて、ドイツ市民はようやく国民としての意識が芽生え、保護関税と憲法を要求するまでになった。やっとフランス革命時のブルジョワジー程度には追い付けてきたじゃないか。これからだよ。マルクス君。われわれの側から旧世界を暴(あば)いて新世界を築かねば。ドイツ民族の中にルソーとヴォルテールを復活させせよう」

エンゲルスの落ち着いた物言いに、マルクスも冷静さを取り戻したようだった。

「エンゲルス君。あのベートーヴェンだが、一八一九年以降のメッテルニヒの反動の時代にあっても独立不羈の精神を失わなかった。聴力をほぼ失っていたから、談話筆記帳に書き残した言葉が、『ドイツ人よりフランス人は実行的であり、イギリス人は考え深いが、ドイツ人は統一が欠けているというほか何一つ特徴がない』とね。また別のところで『今のドイツは三八人の独裁者がおり、人民の精神的な力である代議制度のひとかけらすらない。……五十年くらいで本当の共和国ができるだろう』」

「なるほど。ベートーヴェンの指摘は鋭いなあ。さすがだね。フランス人はもちろんイギリス人も、行動によって抗議する実践的な人間たちだ。ドイツは違う。理論家は、自分たちの抗議がきちんと記録され他の書類と一緒に格納されるやいなや、安らかにベッドに入ってしまう。そこでその抗議ともども静かに眠り続ける。ウワッハッハッハッハ。イギリス人なんか、アメリカのような未開地はもちろん、異民族がすでに根付いている土地にでも果敢に打って出るのだからね。ドイツ人は静かな安住を貪っているだけだ」

「ワハハハハ。痛快、痛快。エンゲルス君の比喩はいつも痛快だ。ドイツの理論家もまるで形無しだ。僕たちはフランス人を母に、ドイツ人を父にすべきなのだろう。心臓は女性的な原理・唯物論のベースでフランス的だが、他方頭脳は男性的な原理・観念論のベースでドイツ的だ。心臓は革命的で、頭脳は改良的。心臓が熱情で運動させた物事を、頭脳が完成に導く。僕はドイツとフランスとの学問的同盟を目指したいと思っている」

無鉄砲という名の勇気

「なにもありませんが、どうぞめしあがれ」

「奥さん。この心のこもったもてなしが一番の御馳走です。このハンバーグは実においしい。幸せな気持ちになります。肉はジューシーで、スパイスもよく効いて、しっとりと。同じ皿に盛られた、このスクランブルエッグ、赤いパプリカ、人参、ブロッコリ、色取りも美しい。奥さん。誰に教わったのですか。お母さんから受け継がれた味なのでしょうか」

「いいえ。そんな大した料理じゃありません。全く私の我流ですのよ。ホホホホホ。ところで、主人からエンゲルスさんの好物がアイリッシュシチューと聞いておりますが。それはどんなお料理ですの」

「いやあ、奥さん。ビーフシチューのアイルランド版ですよ。アイルランドの伝統的な家庭料理です。羊肉(マトン)の風味によく合う料理ですよ」

「まあ、おいしそうだこと」

「イェニー。エンゲルス君の彼女はアイルランド出身でね」

「そうなの。道理で。アイルランドといえばスウィフトの生まれた国。『ガリバー旅行記』を知らない人はいないでしょう。旺盛な風刺精神には圧倒されます」

「スウィフトはダブリンの聖職者でした。アイリッシュは風刺や皮肉やユーモアに富んでいます」

「よくわかりますわ」

「モール君。こんなに料理の上手な奥さんで。君は幸せ者だよ」

「だから。時々イェニーの肩をもんであげているのさ。彼女の疲れがぼくの身体に伝わってくるのがよくわかる。大事にしようと思っている」

「それはいいことだ」

イェニーもしっかりマルクスの言葉を聞き留めた。

「いまのあなたの言葉。忘れないでね。エンゲルスさんが証人よ」

「それはそうと、さっき夫婦で演じて頂いたシェークスピアですが、その戯曲にメンデルスゾーンが作曲した――」

「『真夏の夜の夢』でしょう。結婚行進曲で有名な」

「そう、それ。ぼくはあれが大好きなのですよ」

「エンゲルスさんにぴったりね。軽快でリズミカル。あなたの歩み方にね、人生の」

「彼は十七歳で作曲しました。それでいてあの完璧さ。神童といわれるモーツアルトも青くなる早熟さです」

「あの音楽のようにあらゆる人が人生の喜びを堪能できる、人間社会もそうありたいと思いますわ」

「そうそう、エンゲルスさん。女性を代表して、さっきも少し申し上げましたが、あなたたち男性にもうひとこと言わせてもらっていいかしら」

「どうぞどうぞ。何なりと。でもお手柔らかにお願いします」

マルクスとエンゲルスの興味深そうな顔が二つ神妙に仲良く並んでいる。

「男の人は自分の才能を人生に直接結びつけることができる。そしてそれを当然と考えているると思うの。けれども女性はそういかないのよ。そういう問題以前に早々と家庭に送り込まれてしまう。家事労働にね。だから頭の片隅にでもいいから置いておいてほしいのよ。女性の家事労働からの解放というテーマ。まあ男性でも才能と処世を混同している人が多いから、あまりあてにならないんだけれども。それは別として」

「仰せのとおりです。奥さん。さっきもモール君と話題にしていましたから」

「本当にわかって下さる？　それと、娘が私に抱かれてね。やさしく撫でてあげると、とても幸せそうにとろとろと眠ってしまう。その時、撫でるということがいかに人間らしいやさしさに満ちているかって思うのよ。感動するの。そういう感覚から人間を賢くできないものかしらね。もっと温和に、朗らかに、落ち着いて、冷静に。醜い争いばかりに終始してきたのじゃありませんこと。わが人類は。特に男性諸君は」

マルクスとエンゲルスはイェニーの穏やかな話しぶりに吸い込まれるような、また母親を前にした幼い子供になったかのような錯覚を覚えた。

「でもイェニー。知性の独走に問題があるのは確かだ。と言って、人間の感情が知性を凌駕するのも抒情的過ぎるのじゃないだろうか。両者は溶け合うべきものと思う。少し論点がずれてしまったかな。理想的な社会は、確かにイェニーの思い描いているようなものであるべきだと思う。どちらにしても、まずその豊かさや人間らしさを支える経済的な基盤が整はないとダメなのだが」

恰好をつけたマルクス。エンゲルスはもっとざっくばらんだ。

「奥さん。無粋で横暴な、男性が歴史を主導してきたもので。申し訳ありません。実際、戦いに嬉々とする男は欠陥品かもしれないなあ。下品だし、軽蔑されても仕方がない。しかしその非情が役に立つ時もあるんです。男の名誉のために言わせてください。例えば馬車を運転していて、対向する馬車と正面衝突が避けられないとき。道の両側が崖としましょう。その時、女はうろたえてそのままぶつかるか、気を失うかどちらかですが。男は崖の状況を判断し、敢えて途中で引っかかりそうな立木めがけて馬車を崖から落とすことができます」

「それはただの無鉄砲だと思うけど、まあ勇気ということにしておきましょう。それと、男が泣かないで我慢できるのがいつも不思議ですのよ。指にとげが刺さっただけで大騒ぎするのにね」

「また一本取られちゃったな」

「あんまりいじめてもねえ。男性が荒々しいだけじゃないのはよくわかっていますのよ。あのショパンのピアノ曲の繊細さ。身体が凍りつく思いをいたしますもの」

「それとどうしても言っておきたいことがあります。革命につきものの暴力についてです。暴力で奪った権力は暴力でまた覆されても文句は言えないでしょう」

「そのテーマはぼくたちもよく議論してきましたが、しかし、奥さん。相手が暴力に訴えてきた場合どうするかという問題があります」

「待つのです」

マルクスも加わる。

「暴力は最小限に越したことはない。イェニーの言うとおりだ。血を流す必要がなければね」

「面白いたとえでお話しします。赤ちゃんって、生まれて半年くらいたつと自分で寝返りを打てるようになるのよ。そのためのステップとして、三ヶ月くらいで自分で横向きに姿勢を変えることができるようになる。必ずこのステップを踏まないとできないの。横向きの姿勢の時、力を蓄えているのです。これと似ていると思うの。社会主義社会を作るには民主主義というステップがどうしても必要なのです。民主主義がそのベースにある市民社会。それこそが真のかまど、すなわち舞台にならないとだめだと思っています。市民社会はブルジョワジーとともに育ちます。ばらばらのいわゆる私人ではなく、社会の一員として理想社会を担う自覚を持った個人に成長していないとね。さっきお話しした待つというのはこのことなんです。これがないといつまでたっても権力の横暴を許してしまう。悪名高い独裁政治なんかもね」

イェニーの卓見に感動した二人だった。

「それは正論だが、民主主義の萌芽もないロシアなんかは無為でいいのかという問題がある。一足飛びの社会主義は目指すべきでないのか。未開の農奴社会と言っても、ゲルマン民族のマルク共同体やロシアのミールという農耕共同体は、実に頼もしい存在だ」

「エンゲルス君。いやもう、イェニーの貴重なアドバイスの恩恵に浴していてね。女性の、地に足の着いたしっかりとしたもの。感謝、感謝」

「奥さんは君の思索の恩人なのだね。確かに、机上の空論や論理の飛躍は、我ら男性の専売特許かも知れないね」

「それにしてもいやに理屈っぽい夫婦だな。せっかくの御馳走が消化不良を起こすじゃないか。ウワッハッハッハッハ」

と言いながらも、エンゲルスは、夫婦二人の世の中を見つめる炯炯（けいけい）とした眼差しと、媚びるところのない潔癖さ、そして夫への信頼に満ちた妻の誠実さや安らかさに、感動したのだった。

マルクスは遠くの木々を見るように、目を細め、うっとりとイェニーを眺めていた。

イェニー夫人を心から愛しているマルクスを見て、エンゲルスも幸せの相伴（しょうばん）にあずかった。

そして、夫婦愛というものが、もしかしたら世の中で一番強いもので、肉親の愛より尊いものかもしれないと思った。

二十五ヶ国語マスター

食事の後も楽しい会話が続いた。

「エンゲルス君。君の自然科学全般への造詣の深さ。舌を巻くよ。芸術や語学もそうだが、その勉強は一体いつどこでやったの。やむなく高校を中退したのだったよね」

「うん。だから全くの独学でね」

「えっ。何。独学だって。うそだろう。物理や化学のそんな専門的なレベル、独学じゃとても無理だ」

「いや。本当だよ。中退した高校でギリシャ・ラテン語・フランス語のほか歴史・地理・数学とかに接することができたのだが。それだけさ。ただ、専制や抑圧と戦うドイツ文学の代表三人、テルとジークフリートとファウストにのめり込んでいたけどね。文学の世界には、誇り高く自由のために戦い抜く人たちがいたものだから。それから商売の見習いをしたブレーメンでなんだが。商店員の組合には外国の新聞がいろいろ置いてあって、それで二十五ヶ国語がなんとか読めるようになった。日本語とかも」

（テルは英語名ウィリアム・テル。わが子の頭上のりんごを射よと命じる非道なオーストリア大公を、りんごを見事射たあとの第二矢で倒す、スイスの愛国の自由戦士で、シラーの物語『ヴィルヘルム・テル』の主人公。ジークフリートは、竜を退治してその財宝を得、竜の血を浴びたため不死身になったとされるドイツの様々な伝説に出てくる勇士。ファウストは、十六世紀の物語に出てくる、各国を経巡る魔術師で、ゲーテの同名の作品が有名。）

「おいおい。二十五ヶ国語だって。そんなに軽く言わないでくれよ。全く語学の天才だな、君は。自分で気が付いてないのかい。そしてこれからは、いろんな国で革命が起こるべくして起こると思うが、支援するにも、その国それぞれの国語や歴史や文学や社会制度をよく知っていないとだめだ。だから大いに役立つと思うな。実に頼もしい」

「そうだろうか。役立てるかどうか楽しみだ。しかし、それよりのめり込んでいたのが、詩作でね。君と同じだ。フライリヒラートは希望の星だった。ぼくと同じように高等中学校を中退して商店員になった詩人でね。それとグリムの抗議声明『わが解任について』にも感動したなあ。行動の人ベルネも。マルクス君。ぼくは、文学も本質めいたものは出尽くした感じがしている。これからはルポルタージュ的なものが主流になる時代が来るのじゃないだろうか」

（フライリヒラート（一八一〇～一八七六）はドイツの革命的抒情詩人。詩集『サ・イラ』が有名。）

（グリム（一七八六～一八五九）はゲッティンゲン大学教授、文献学者。『グリム童話』の作者。王領を復活しようとして議会を解散し憲法廃止の暴挙に出た国王に抗議。そのため職を解かれた。）

（ベルネ（一七八六～一八三七）はドイツの民主的作家。政府の圧迫を受けてパリに移住し、ドイツ批判の文筆活動を続けた。）

「君は文学もすごいね。ブレーメンで、もう早くからジャーナリストとして、色んな新聞雑誌に詩や文芸評論を発表していたよね。詩作は、ぼくも一時期詩人になりたいぐらい好きだったから。魅力的だよなあ」

「それで、そのあと徴集があってベルリンで軍務についたのだが。ベルリンを選んだのは実は学府で勉強したかったからだ。君が卒業したあとだよ、そのベルリン大学の聴講生になったのは。ヘーゲルの哲学や、唯物論者フォイエルバッハの宗教批判や、フランスの社会主義学説なんかを学ぶことができた。これが面白くてね。取りつかれたように勉強したものさ」

「その学習は貴重だったと思うよ」

巨人の時代

「それで、その自然科学も独学だが、少し蘊蓄を披露させてもらってもいいかい？」

エンゲルスは自慢の髭を手で伸ばしながら得意顔だ。

「是非聞かせてほしいね。ぼくもいずれ学びたいと思っている」

「ありがとう。現代科学は、今や専門化する一方なんだよ、その分業にはまり込んでしまって、科学全体を俯瞰する視点を見失うんじゃないかと。ぼくはそれを一番危惧している。自然を、生成し消滅する不断の運動の中で発展し変化するもの、として捉えることが大切なんだ。自然科学の取り組みは、人間社会の発展に伴う現実の課題を見据えた上で進めることが絶対に必要だからね。そして付け加えれば、自然科学の発展はいつか人類を破滅させる、というペシミズムにも要注意だ。もうどうでもいいや、となってしまうからね」

「そうか。自然科学もドグマになってしまったらダメ、ということだね。君の語学をはじめ色んな才能、文学・哲学・神学・経済学・言語学以外に物理・化学・自然史・植物学、それに兵学まで。八面六臂(はちめんろっぴ)。例のルネッサンスの時代の巨人を思い出すよ」

エンゲルスの話もいよいよ佳境に入ってきたようだ。

「マルクス君。近世の自然研究は、君の言うその偉大な時代に始まっている。ぼくたちドイツ人が宗教改革と呼んでいる時代、フランス人がルネサンスと呼び、イタリア人は千五百年代と呼んでいる時代にね。まあ、宗教改革の後の反動で、国民は不幸を味わわされたんだが、それはしばらくおくよ。ルネサンスの話をしたいから。きっかけが実にドラマチックでね。ビザンティン帝国が崩壊したことで、ローマの廃墟から古代の彫像が発掘され、そこに新しい一つの世界がよみがえった。古代ギリシャだ。西洋人がこれにはたまげた。その光輝く姿の前に、中世の亡霊は消え失せて、イタリアに始まったのがルネサンスだ。それは古代の復活だけれども、以後これを超える芸術が生まれなかったほどの高みだった。そして、美術だけじゃない。文学でも、近代文学がイタリア・フランス・ドイツで始まり、イギリス・スペインと続いたんだ」

「確かに古い世界が一掃された。地球が初めて地球らしい姿で発見された、と言ってもいいね」

「さらに世界貿易の礎ができたのだが、それだけじゃない。手工業からマニュファクチュアへ移る基礎ができたし、マニュファクチュアから次の近代的大工業へ飛躍する出発点を準備した」

「君の言う産業革命だね」

「そしてわがドイツの偉業を忘れてはならんよね。ゲルマン民族は、自らの手で、教会の精神的独裁を主導する旧教を粉砕し、プロテスタンティズムを採用したことだ。ラテン民族にはアラビア人を通して、新発見のギリシャ哲学に育まれた明朗な自由思想が根付いた。それが十八世紀の唯物論を準備したのだから、これもすごい。このような進歩的変革を、人類は未経験だった。そして巨人を必要とし、またそれを生み出した時代でもあったよね。深い思索と情熱と多才と博識の巨人を。冒険的な時代だったから、彼らにルネサンスの息吹をかけていたんだろうね。当時の重要な人物は皆、広く旅行し、四ないし五ヶ国語を駆使し、多くの専門的領域に秀でていた。驚くべき時代だったんだ」

「エンゲルス君の言う通りだ。レオナルド・ダ・ヴィンチは偉大な画家だったけれど、それだけではなかったものなあ。大数学者だったし、力学の大家だったし、大技術者でもあったし、物理学でも色々すごい発見をした人だよね」

「ルターにしても、教会というアウギアスの畜舎だけじゃない、ドイツ語の旧習を改めて、近代のドイツ語散文の創始者にもなった人だ。さらにだよ。十六世紀のマルセイエーズとなった、あの必勝の信念に満ちた讃美歌の歌詞と旋律を作っているからね」

（「唯物論」は自然や物質、身体を世界が構成されるうえで根源的なものとみなし、そのような物質を最高原理とする認識論上の思想。非物質的なものである心や精神を究極のものとする唯心論（観念論）は、唯物論の対概念である）

高尚なレフェリー

イェニーが銀の食器をもって顔を出す。

「お話し中ごめんなさいね。レモネードを用意しましたから、召し上がれ」

「お心遣いありがとうございます。素敵な器ですね」

「これだけが我が家の自慢ですのよ」

「これを拝見するだけでも御馳走です。ではいただきます」

「はちみつですね、この甘さは」

「その通りです。頭脳明晰な方は味覚も繊細なのですね」

「とんでもない。その言葉はモール君にこそふさわしい」

「いいえ。主人は質より量の方ですのよ」

「ぼくは質と量、両方だよ、イェニー」

レモネードを十分堪能した二人だったが、あふれる若いエネルギーに身体が催促されるかのようにむずむずしてきた。

「おーい、モール君。食後の運動に一つ腕相撲をやろうじゃないか」

エンゲルスの例の勇ましいポーズで見慣れている、その強そうな腕を見て一瞬ひるんだが、そこは負けず嫌いのマルクス。

「よしやろう。絶対負けないからな」と強がる。

「奥さんにはレフェリーの役をお願いします」と自信たっぷりのエンゲルス。

「わかりました」

「奥さん、どちらが勝つと思われます」

「こういうのが好きなのね、男性は」

「女性はこういうのを見るのが好きなんじゃないか」

「わたくし勝ち負けには余り興味がわきませんことよ。それより勝ちっぷり負けっぷりを楽しみたいわ。ウフフフ」

「高尚なレフェリーだから、少しやりにくいよなあ、モール君。ウワッハッハッハッハ」

と同意を求めるエンゲルスに。

「どう見えようが勝てばいいんだよ」とマルクスはそっけない。

「ではじめ」とイェニーが高らかに試合開始を宣言。

イェニーの予想通り、エンゲルスが一気に攻め立てた。一方的な展開。もう少しで手の甲がテーブルにつきそうところまで進んだ。しかし、俵に足が乗ってからがマルクスの本領。あと少しなのに、てこでも動かない。エンゲルスが上体をゆすぶりながら乗り出して圧力をかけるが、動かない。

「体重をかけちゃ反則だぞ」

「わかったよ。わかったから、もうあきらめろよ」

「そう簡単に負けてたまるか」

ビールをしこたま飲んでいるから、二人とも汗だくだ。

呑み過ぎと連続攻撃の無理がたたって跳ね返されたエンゲルス。逆にマルクスの逆襲に防戦一方だ。エンゲルスの顔から笑みが消え、焦りがありありと見える。しかし言い出しっぺが負けるわけにゆかない。マルクスの攻撃に耐えもう一度攻め返す。だがあと少しのところでまた膠着状態に。

この趨勢を冷静に見つめていたイェニー。

「お疲れ様」と言葉のタオルを投げた。

「二人とも頑張りましたね。立派でしたよ。ではレモネードの御代りどうぞ」

「もう少しだったのに残念だ」と二人とも不満そうだが、実は二人ともその言葉を待っていたのだった。そこは紳士の二人、握手を交わし健闘を称え合った。

ペストと産業革命

「一つ言い忘れていたんだが。マルクス君、君知っているかい。そのルネサンス、そして産業革命もそうなんだが、その突破口を開いたのは何だと思う」

「何だろう。わからないね」

「ペストだよ」

「ペストだって。ヨーロッパで大勢亡くなったという黒死病。十四から十五世紀だったよなあ」

「うん。イングランドは、人口のおよそ半数を失ったといわれている」

「それとどうつながるんだい」

「当時の人々のほとんどは農民だから、ペストによる人口減少とは、農民の減少を意味する。貴族たちは深刻な小作人不足で弱体化して、封建的な秩序がゆらいでね。それだけじゃない。ペスト以前と以後で、経済構造ががらっと変わったんだ。等しく零細で貧しい農民だけだったのが、農奴同然の貧しい農民と、資本を蓄積したヨーマンと呼ばれる富裕農民の二つの階層に大きく分かれた」

「『エンクロージャー（囲い込み）』ってやつの影響か」

「うん、そうだ。それも一次と二次があってね。第一次は十五世紀末に始まって十六世紀まで続いたが、羊毛生産用の牧羊場とするために農地が囲い込まれた。さらに問題は、一七六〇年頃からはげしくなって一八〇〇年から一八二〇年頃までに絶頂期を迎えた第二次の方なんだ。これは農業革命といわれていてね、三圃制農業からノーフォーク農法といわれる輪作法への転換がベースにある。産業革命による人口増加とナポレオン戦争による食糧需要の増大とで穀物価格が騰貴したが、これを好機とみて、穀物生産の資本主義的農場経営をするために開放耕地が囲い込まれた。広大な土地を所有する地主が農業資本家に土地を貸与し、その資本家が農業労働者を雇用する形だよね」

「しかし農業労働者になったのは一部で、その強引に土地を奪い取られた零細農民の多くは、農村から都市や都市近郊へ工業労働者として移動したんだ。他方でヨーマンという大農地経営者たちの中から、新たな産業経営者としてのマインドを獲得した者たちが、新しいブルジョワ階層を作ったわけだ」

苺とブルーベリーのジャム

「イェニー。エンゲルス君がお帰りだそうだ」

「奥さん。ゆっくりくつろがせていただきました」

今朝も、イェニーの優雅な衣装が、育ちの良さを遠慮なく振りまいていた。

「朝食を一緒に召し上がっていらしたら」

「そうですか。無理にお引き止めはいたしませんが。大してお構いもできませんでした」

「朝一番からやるべきことが、うず高く積みあがっていますので」

「いいえ、アットホームそのものでした。奥さんの素敵なお料理を堪能させていただきましたし、昨夜はモール君と話が尽きませんでした。二人の欠かせない大切な時間なのです。精神的な滓（おり）みたいなものがたまってきましてね。時々この会話で純化しないとイライラしてくるものですから」

「モールも満足そうですわ」

「お荷物になりますが、これでもお持ち帰り下さい」

「ありがとうございます。何でしょうか」

「当ててごらんなさい」

母親めかして子供に話すような話しぶりだ。

エンゲルスは紙袋の重さを確かめてみる。

「結構重いなあ。何だろう。食べ物ですか」

「そうです」

エンゲルスの目が輝く。

「わかった。ジャムでしょう」

「よくわかりましたね」

「奥さんの厨房にジャムのビンがたくさん並んでいるのを覚えていました」

「さすがにエンゲルスさんはよく気が付かれます。宅のモールなんか。私が髪型を変えてもまるでわからないのよ」

　聞こえないふりのマルクス。

「でもモール君はお美しい奥さんの衣装が自慢のようですよ」

「あら、そうかしら。ところでジャムは二種類あります。一つは苺ジャム。私が好物なのを知っている実家の母親が、毎年どっさり送ってくれますの。昔はレモンジュースを入れて甘さを抑えていましたが、最近は砂糖そのものの量を控えているようです。ただそうすると長持ちしないのでリンゴ由来のペクチンを混ぜているようですわ。あと一つはブルーベリージャム。私が作りました。ブルーベリーは目に良さそうなのよ。モールは本の虫なので」

「モール君。君は幸せだなあ。こんな優しい奥さんで」

「エンゲルス君。君も早く身を固めることだね」

「わかったよ。じゃ」

　と言いながら見せたのが、エンゲルスのあの勇ましいポーズ。掌で拳を作り、手首を内側に捻じ曲げながら立てて、胸の前に突き出し、力を込めて軽く揺さぶりながら止めた。この度はマルクスも同じポーズをとり、その腕でエンゲルスの腕をからめとったのだった。がっしり組み合わさった二本の腕。そこにはみじんの揺らぎもなかった。

イェニーはその間も笑顔を絶やさず、幸せそうに見つめていた。

イェニーの奏でた四楽章

自宅に戻ったエンゲルスが、マルクス宅での楽しい思い出を反芻しながら気づいたことがある。それはマルクスの妻イェニーの奏でた心づくしの音楽だ。だが楽器の演奏ではなく、物に託した心遣いである。カラフルな四楽章だった。

第一楽章　アレグロ　「純白の百合の花」
第二楽章　アダージョ　「黄色のフリージア」
第三楽章　メヌエット　「透明なレモネード」
第四楽章　ロンド　「真紅のイチゴジャムと濃い青紫のブルーベリージャム
　　　　　　　　そしてピンクのソックスのおまけ」

第四楽章のコーダは長女ジェニーの手をつなぎ、次女ラウラを抱っこしたイェニー夫人のお見送り。娘二人ともエンゲルスがプレゼントしたおそろいのピンクのソックスをはかせてもらってご機嫌だった。そして、イェニーはやはり百合のような純白のドレスで、第一楽章の主題をもう一度奏で、別れを惜しんだのだった。

エンゲルスにとって、それは幸せな家庭を作るレシピのようでもあり、退屈な人生を楽しくする仕掛けのようでもあり、また味気ない乾燥した男の世界に潤いと華やかさを添えてくれるもののようにも思えた。

〈参考文献〉

マルクス『ドイツ・イデオロギー』岩波文庫

マルクス『ゴータ綱領批判』岩波文庫

マルクス『ユダヤ人問題によせて　ヘーゲル法哲学批判序説』岩波文庫

マルクス『フランスの内乱』岩波文庫

マルクス『経済学批判』岩波文庫

マルクス『ブリュメール十八日』岩波文庫

マルクス『経済学・哲学草稿』岩波文庫

エンゲルス『空想より科学へ』岩波文庫

エンゲルス『イギリスにおける労働者階級の状態』（上）（下）岩波文庫

若き日のマルクス夫妻とエンゲルス

エンゲルス『フォイエルバッハ論』岩波文庫
エンゲルス『家族・私有財産・国家の起源』岩波文庫
エンゲルス『自然弁証法』大月書店
エンゲルス他『猿が人間になるについての労働の役割』大月書店
マルクス　エンゲルス『文学・芸術論』大月書店
土屋保男『マルクスエンゲルスの青年時代』新日本出版社
土屋保男『フリードリヒ・エンゲルス』新日本出版社
シェイクスピア『ハムレット』新潮文庫
シェイクスピア『ヴェニスの商人』新潮文庫
シェイクスピア『夏の夜の夢・あらし』新潮文庫
伝記アルバム『マルクス＝エンゲルスとその時代』大月書店
小松雄一郎訳『ベートーヴェン書簡集』岩波文庫
ロマン・ロラン『ベートーヴェンの生涯』岩波文庫

あとがき

『西鶴二十面相』は、奈良県の地方紙「奈良新聞」に新聞小説として、令和四年十一月から同五年二月にわたって合計六十三回連載されたものです。

この小説は、拙著・文春新書『伊賀の人・松尾芭蕉』（文藝春秋より令和四年一月出版）の執筆に当たり、芭蕉と同時期に活躍した井原西鶴（以下西鶴）関係の諸文献に当たる必要に迫られたこと、が機縁になっています。西鶴の生い立ちや私生活に関する資料がほとんどないため、その人物像は、残された作品（数多くの俳諧や「好色物」「武家物」「町人物」という多彩な小説群）を通して結ぶしかないのですが、しかし、作家というものは、かえってそれに食指を動かすのかもしれません。野心家で負けず嫌いだった西鶴の、その抜きんでた筆力によるエネルギッシュな創作活動は超人的で、また同時に稀に見る愛妻家でもあり、人間性豊かな、魅力に富んだ人物でした。「怪人」であったかどうかはともかく、この物語の表題を『西鶴二十面相』とした所以です。「二十面相」は言うまでもなく、三重県名張市（筆者在住）出身の推理小説家・江戸川乱歩が創作した架空の大怪盗、「怪人二十面相」からとったものです。そして、西鶴は浮世草子作家、今でいう小説家としてあまりにも有名ですが、浮世草子に専念した一時期を除き、終生俳諧師を通しました。この小説はその俳諧師としての西鶴を中心に描いたものです。

『若き日のマルクス夫妻とエンゲルス』は、カール・マルクス（以下マルクス）と、無二のパートナーだったフリードリヒ・エンゲルス（同エンゲルス）の若き日の物語です。この二十一世紀から見ても、しらけが蔓延し軽薄の度合いを増した二十世紀でしたが、過去には熱い時代がありました。この小説の舞台になった十九世紀です。その時代に活躍し、人類の歴史上最も大きな影響を与えた人物の一人、といわれるのがマルクスです。資本主義には人類の将来を託せないという確信のもと、社会がどうあるべきかというテーマに真摯に取り組みました。マルクスの『資本論』は、資本主義のメカニズムを解明した著作として、初版の第一部がユネスコの世界記憶遺産として登録されています。だが彼は元々経済学者ではなく、哲学者でした。「人間解放」という哲学的結論に達してから経済学に入りました。さらに素晴らしいのは、ただの理論家にとどまらず、実践した革命家でもあったことです。有名な次の言葉を残しています。「いままで哲学者たちは、ただ世界を解釈していたにすぎない。重要なのは、それを変革することである」。

二人は、今までの文明が、本来人間が備えている豊かな人間愛の資質を犠牲にし、専ら所有欲という卑しい欲望のもと、社会の富ではなく個人のちっぽけな富のために築かれてきた、という認識でした。この弱肉強食の動物的な社会から脱皮するまでは、人類の真っ当な歴史ではない。今はまだ先史に過ぎないという史観は、コペルニクス的転回といえるほど斬新なもの。そして、社会を動かすシステムの本質は、二十一世紀の今も当時と何ら変わっていません。その証拠に、過労死問題が世間を騒がせ、富の偏在は世界的スケールで、むしろそのスピードを増しています。二人の熱情はヒューマニストとして、しいたげられた労働者への愛からでした。人生のすべてを、弱者のための戦いに費やしました。そのぶれない徹底とたゆまぬ持続を可能にした精神力に、私たちは感動するのです。

さて、我が国の経済学は一九七〇年代まではマルクス経済学が主流でした。我が母校大阪市立大学（現大阪公立大学）（旧制大阪商科大学時代は、一橋大学（旧制東京商科大学）・神戸大学（旧制神戸商科大学）とともに戦前「三商大」とうたわれました）は、その一方の雄として名を馳せました。ちなみに岩波書店刊行の『経済学辞典』は、我が国の著名な経済学者を総動員した千三百余ページに及ぶ大部な出版物ですが、これは旧大阪市立大学経済研究所の編になるものです。またマルクスの『資本論』の初版本は、世界に百部が現存すると言われていますが、その中の三冊を本学が所蔵しています。この度、母校との因縁浅からぬマルクス・エンゲルスを主人公とした小説を上梓できたことは大きな喜びですが、それだけではなく感慨深いものがあります。

そして、マルクスの復権を企図した著作『人新世の「資本論」』で脚光を浴びた斎藤幸平・東京大学大学院准教授が、元大阪市立大学大学院准教授であられたときにも同様に本学との浅からぬ因縁を感じておりましたので、小生とフィールドが異なるとはいえ、この度の出版を機に連絡を取らせていただいたことをここに記しておきたいと思います。

最後に、前著作『芭蕉と其角』同様、この拙著におきましても企画段階から有益な助言をいただいた、風媒社編集長劉永昇氏のご厚意に謝意を表したい。また、一貫して小生の執筆活動への支援を惜しまない同窓・同郷の岡本直之氏（旧制大阪商科大学から続く同窓会組織・「一般社団法人有恒会」理事長）に、この場をお借りして感謝申し上げたい。

北村純一

作家。日本ペンクラブ会員。1948年三重県上野市（現伊賀市）生まれ、名張市在住。1967年三重県立上野高校卒業。1971年大阪市立大学（現大阪公立大学）経済学部卒業。都市銀行勤務の傍ら文筆活動に従事。朝日・毎日新聞ほか各紙にコラムや新聞小説を連載。
著書に『貿易金融・海外投資金融の実務』（ダイヤモンド社　共著）、『侏儒の俳句　芥川龍之介に捧げる箴言集』（朝日新聞出版）、『芭蕉と其角　四人の革命児たち』（風媒社）、文春新書『伊賀の人・松尾芭蕉』（文藝春秋）などがある。

西鶴二十面相

2024年10月11日　第1刷発行　　（定価はカバーに表示してあります）

著　者　　北村　純一

発行者　　山口　　章

発行所　名古屋市中区大須 1-16-29
振替 00880-5-5616 電話 052-218-7808　風媒社
http://www.fubaisha.com/

＊印刷・製本／モリモト印刷

ISBN978-4-8331-5462-8